Buch

Dr. Birnbaum hat Ellen sechs Jahre lang psychotherapeutisch behandelt. Er glaubte sie zu kennen, bis er von Bernie, ihrem Noch-Ehemann, eines Besseren belehrt wird. Der Vorfall aus seiner verheerenden Ehe, von dem Bernie ihm berichtet, zeigt ihm eine Seite Ellens, die zu einer Neuorientierung in seiner Therapeut-Patientin-Beziehung mit ihr führen könnte. Dass er damit womöglich in eine Katastrophe schlittert, erscheint ihm in seiner Faszination für Ellen als nebensächlich.

Autor

Udo Staber wurde 1953 in Ulm geboren. Er studierte in Kanada und den USA Soziologie, Psychologie, Wirtschafts- und Organisationswissenschaften, promovierte an der Cornell University, New York, und war Professor an Universitäten in den USA, Kanada, Deutschland und Neuseeland. Er ist Autor zahlreicher Fachbücher und wissenschaftlicher Zeitschriftenartikel und Empfänger mehrerer Auszeichnungen für seine Forschungsarbeiten.

Mehr über den Autor: www.udostaber.com

UDO STABER

Bernies Scham

Novelle

Umschlag, Illustration: Udo Staber

Verlag: tredition GmbH, Hamburg

ISBN
Paperback 978-3-7469-3922-3
Hardcover 978-3-7469-3923-0
e-Book 978-3-7469-3924-7

Unser Charakter ergibt sich aus unserem Benehmen.

- Aristoteles

„Ist es falsch zu masturbieren, nachdem man gerade seine Frau in die Psychiatrie gebracht hat?", fragt er mich, kaum dass wir uns gesetzt haben. Er will mit mir über einen Traum reden, ist mein erster Gedanke, über Phantasien so widersprüchlich zu seinem, aus seiner Sicht, noblen Charakter, dass er jetzt ohne lange Vorrede sofort zur Sache kommen will. Hat er in seinem Traum eine Entdeckung gemacht, die etwas auf den Kopf stellt, was er bisher als Kern seines Selbstbildes gesehen hat, etwas, das gegen die konventionellen Regeln des Anstands auf eine so skandalöse Art und Weise verstößt, dass er glaubt, ohne professionellen Beistand von jemandem wie mir nicht auskommen zu können? Oder haben sein Narzissmus und seine intellektuelle Arroganz ihn nun sogar schon in seiner Traumwelt eingeholt, dass er mir das jetzt unbedingt und ohne Umschweife mitteilen muss? Er sitzt mir gegenüber und reibt sich die Schläfe, und ich sehe, wie er krampfhaft versucht, eine akzeptable Rechtfertigung für seine Frage zu formulieren, während er das Portrait Freuds hinter mir an der Wand anstarrt.

Die meisten meiner Patienten nehmen sich Zeit, bevor sie in einer ersten Sitzung mit ihrem Problem herausrücken. Dafür gibt es vielerlei Gründe, aber am Ambiente in meiner Praxis liegt es sicherlich nicht. Meine Praxis ist kein düsteres Loch, wie man es vielleicht von einem Freudschen Psychoanalytiker erwarten würde. Ich habe die Einrichtung so gewählt, dass sie hell und einladend wirkt. Die Couch ist so freundlich leicht, dass sie genauso gut in einer Gartenlaube stehen könnte, die Ledersessel sind in einem warmen Rot gehalten, die Wände sind weiß gestrichen und die hellen Jalousien an meinem Doppelfenster ziehe ich nur an heißen Sommertagen herunter. Meine Patienten sollen sich nicht eingeengt fühlen. Deshalb ist Sarah auch angewiesen, die Patienten an der Rezeption stets mit einem aufmunternden Lächeln zu begrüßen und mit jedem von ihnen ein paar persönliche Worte zu wechseln.

Ich hole meine Patienten immer persönlich im Wartezimmer ab und begleite sie zu einem meiner zwei Besuchersessel. Diese sind so platziert, dass mein Gegenüber einen freien Blick hat auf das Portrait Freuds, das ich an der Wand neben meinem Schreibtisch hängen habe. Mit diesem Portrait will ich auf die Quelle meiner Inspiration hinweisen, so wie mancher Geschichtsprofessor eine Büste vielleicht von Aristoteles oder Nietzsche auf seinem Schreibtisch stehen hat. Ich kann mir denken, was du mit dem Foto von Woody Allen da drüben sagen willst, aber welche Bedeutung hat Warhols Banane? Warum gerade dieses seiner Werke? Eine Banane!

Ich habe mir von Patienten sagen lassen, dass Freuds Portrait meiner Praxis einen Hauch von Feierlichkeit und Erhabenheit verleiht. Das ist zwar nicht unbedingt meine Absicht, aber wenn sie es so sehen, soll mir das nicht unrecht sein. Der Eindruck von Erhabenheit ist besser, als wenn sie sich beim Anblick Freuds so unwohl fühlen, dass sie nur unter Schmerzen Bruchstücke aus ihrer Vergangenheit hervorziehen. Ich habe natürlich auch Patienten, die fast schon von Natur aus jämmerlich leiden und glauben, sie geraten vom Regen in die Traufe, wenn sie meine Praxis betreten. Sie haben Angst, ich pflücke sie auseinander wie einen Fisch, dem man die Gräten herauszieht. Die Männer sehen die Couch und ziehen sofort den Schwanz ein, und die Frauen fürchten, dass ich ihnen unter den Rock gehe, ganz im Sinne Freuds, von dem behauptet wird, er habe einmal gesagt, dass die Psychoanalyse dem Menschen nicht viel bringe, höchstens ein Unbehagen.

Meine schwierigsten Patienten sind die, die noch nie bei einem Analytiker waren und in der ersten Sitzung nicht wissen, ob oder wie sie das Gespräch beginnen sollen. Manche Leute sind angesichts des Unaussprechlichen so verkrampft, dass sie es anfangs nicht einmal wagen, mir in die Augen zu sehen. Andere verschränken trotzig die Arme vor der Brust, als würden sie erst kurz vor Ende der Sitzung etwas von sich preisgeben. Manche Patienten sind so sehr in ihrer angespannten Stimmung befangen, dass sie anfangs überhaupt nichts sagen. Sie glauben, ich könne ihnen den Grund, warum sie mich aufsuchen, vom Gesicht ablesen, und das genüge mir vollauf, um zu wissen, wie ich sie auseinandernehmen kann. Bei solchen Leuten komme ich mir zuweilen vor wie ein Henker, von dem sie nicht wissen, ob er ihnen mit dem Beil oder mit dem Strick kommen wird. Ich habe auch schon Patienten gehabt, die nach drei Minuten wieder gehen. Manche Leute warten, bis *ich* den ersten Satz sage und die unausweichliche Frage stelle: „Was kann ich für Sie tun?" Oder noch brutal direkter: „Warum sind Sie hier?" Und dann gibt es Leute, die, wenn ich anfangs gar nichts sage – was ich gelegentlich tue, weil ich zum Beispiel die Lust verspüre, fies zu sein –, zuerst über Dinge reden, die mit dem Grund ihrer Anwesenheit in meiner Praxis überhaupt nichts zu tun haben. Neulich hatte ich einen Mann in einer ersten Orientierungssitzung, der mir zehn Minuten lang von seiner Ohrenentzündung erzählte, die er sich bei seiner Kreuzfahrt vor der Küste Alaskas zugezogen hatte. Als ich ihn sanft darauf hinwies, dass zwei Türen weiter ein Hals-Nasen-Ohren Spezialist seine Praxis hat, reagierte er empört und sagte, wenn er sich belehren lassen wolle, könne er zu Hause bei seiner Frau bleiben. Die hätte er jeden Tag um sich, und das wäre auch billiger.

Bernie ist anders. Natürlich sind alle meine Patienten immer irgendwie anders: im Zusammenspiel unterschiedlicher Symptome, im Grad ihrer Bereitschaft, mir die Seele auszuschütten, oder in der Absurdität der Szenarien, die sie mir vorgaukeln. Bernie gehört zu den Leuten, die mir unangenehm sind, aber nicht, weil er mich langweilt oder deprimiert, sondern weil er mit einer Frau liiert ist, an der mir viel gelegen ist. Beruflich scheint er sehr erfolgreich zu sein, und ich denke, in seiner Kollegenschaft ist er angesehen, auch wenn einige ihn wegen seiner Forschungserfolge sicherlich beneiden. Im emotionalen Bereich jedoch zeigt er sich mir für sein Alter und seine langjährige Erfahrung als Universitätsprofessor als ziemlich ungefestigt. Das sehe ich unter anderem in der recht unbeholfenen Art und Weise, wie er mit seiner ehelichen – demnächst postehelichen – Situation umgeht. Eigentlich ist er gar nicht mein Patient. Seine Frau ist meine Patientin. Ihn kenne ich nur als *Anhängsel* seiner Frau, eine Rolle, die er seit fünfzehn Jahren spielt.

Ohne meine Antwort abzuwarten, fragt Bernie ein zweites Mal: „Ich meine, die Ehefrau hat sich umbringen wollen und ihr Mann hat sie gerade ins Krankenhaus gebracht. Ist es in dieser Situation moralisch annehmbar, nichts anderes tun zu wollen, als zu masturbieren? Ich möchte von Ihnen wissen, ob das, was ich gemacht habe, falsch war."

Abgesehen vom Inhalt seiner Frage, ist es die Beherztheit, mit der er mich um meine Meinung bittet, was mich überrascht. Ich kenne ihn als einen eher ruhigen Mensch, der einer Frage in einer delikaten Angelegenheit eine aufwendige Einleitung voranschiebt, weil er mir damit zeigen will, dass er sich die Frage gründlich überlegt hat. Doch jetzt ist sein Gesichtsausdruck verbissen und grimmig. Er macht einen sehr zerrütteten Eindruck. „Was bringt Sie zu dieser Frage, jetzt, zwei Jahre danach, oder ist es noch länger her?"

„Das war vor fast zweieinhalb Jahren. Ich weiß, ich hätte schon früher mit Ihnen darüber sprechen sollen, gleich nachdem es passierte, aber ich wusste nicht, wie ich es sagen sollte. Ich denke, ich habe mich zu sehr geniert. Und es ging alles so schnell damals, ich war in Panik und mit den Nerven völlig fertig. Können Sie sich erinnern? Aber jetzt will ich wissen, was in meinem Kopf abging. Ellen hat sich gerade umbringen wollen, und ich masturbiere! Würden Sie das als unmoralisch betrachten?"

„Diese Frage kann ich Ihnen so direkt nicht beantworten, Herr Köhnlechner. Ich bin kein Moralist oder Philosoph. Ich bin Psychotherapeut." Er müsste wissen, was das bedeutet. Er war schon oft in meiner Praxis gewesen und hatte zugehört, wie ich mit Ellen ein Gespräch führte. Hat er aus diesen Sitzungen denn gar nichts mitbekommen, der Herr

Professor? Ich gebe meinen Patienten keine Ratschläge, und in moralischen Fragen halte ich mich ganz heraus. Ich nehme auch keine Seite ein, wenn es um Konflikte zum Beispiel mit Ehepartnern, Nachbarn oder Kollegen geht, obwohl Bernie es so empfunden haben mag. Ich denke, er ist mir böse, weil ich Ellen nicht sagte, wie sie sich verhalten solle, und weil ich auch ihm nicht sagte, wie er seinen Umgang mit ihr gestalten solle.

„Ja, das weiß ich, aber Ihre Arbeit hat doch auch moralische Bedeutung. Sie sind kein Chirurg, der bösartige Klumpen aus dem Körper schneidet, oder ein Zahnarzt, der einen eitrigen Zahn entfernt, und damit ist die Sache dann erledigt. Chirurgen und Zahnärzte sind Techniker, denen geht es um Ordnung und Perfektion in der Maschine Mensch. Aber bei Ihnen geht es um schwammige Dinge wie Desillusionierung, Traumatisierung, Entwöhnung und Neuorientierung. Sie geben Ihren Patienten etwas zum Denken, Sie berühren ihr Bewusstsein, Sie verlangen von ihnen Introspektion, Sie fädeln die Übertragung ein, in der sie sich öffnen. Da kann man doch nicht sagen, dass Sie keinen Einfluss auf das moralische Empfinden Ihrer Patienten ausüben. Ich dachte immer, Sie wollen dem Patient helfen, Einsicht in sich selbst zu gewinnen, damit er irgendwann einmal Entscheidungen treffen kann, bei denen er sich nicht schlecht fühlen muss – was immer das bedeuten mag. Da ist keine Rede von Rationalität, da geht es auch nicht um Effizienz oder um die Frage, ob die Nachbarn sagen, dies oder das schickt sich nicht. Es geht vor allem um Selbstachtung, um den Genesungsprozess, durch den Ihr Patient zu seinem wahren Ich gelangt. Was könnte moralischer sein, als einen persönlich annehmbaren Weg zu finden, der zur Lebenstauglichkeit führt, Herr Birnbaum. Oder sehe ich das falsch?"

„Nein, Sie sehen das richtig."

„Nun, auch mir geht es um mein Selbstbild, und *das* wollte ich Sie jetzt fragen. Ich muss von allen guten Geistern verlassen gewesen sein, als ich das tat, Minuten nachdem ich sie ins Krankenhaus gebracht habe. Ich bilde mir ein, ich verstehe meine Gedankengänge, ich habe zumindest eine Vorstellung von geistiger Gesundheit, aber in diesem Fall habe ich jeden Verstand verloren. Ich verstehe einfach nicht, was in mich gefahren ist. Andere Menschen übergeben sich vor Angst, wenn ihr Partner versucht, sich umzubringen, oder sie quälen sich wochenlang mit Albträumen, in denen sie sich selbst die Schuld für diese Verzweiflungstat geben. Aber was *ich* tue, wenn meine Frau sich umbringen will, ist, ich steige in mein Auto und masturbiere. Das ist doch pervers, oder?"

Muss ich ihm jetzt die Bedeutung des Begriffs „pervers" erklären, einem Sozialwissenschaftler der analytisch-kritischen Sorte, so wie er sich mir schon immer präsentierte? Seit ich ihn kenne, erzählt er mir von der Art komplexer Fragen, mit denen sich Politikwissenschaftler befassen: von den Ursachen korrupten Verhaltens im Politikgeschäft, den Mängeln in politischen Entscheidungsprozessen, den Folgen von Legitimationsdefiziten in der Vertretung sozialer Interessen und den vorder- und hintergründigen Machtstrukturen in korporatistischen Systemen. Das sind alles Dinge, in denen die Ambiguitäten und Ungereimtheiten im menschlichen Denken eine zentrale Rolle spielen, Beziehungen, in denen es keine eindeutige Ordnung gibt. Er will mir zeigen, über was er sich alles Gedanken macht und mit welch strengen Maßstäben er seine Themen angeht, und jetzt fragt er mich, ob Onanie pervers ist! Für jemand, der sich in einer Wissenschaft bewegt, die vom strebenden und opportunistischen Menschen ausgeht, und für einen Forscher, der sich mit Spannungen, Konflikten und Widersprüchen im Verhalten der Menschen befasst, finde ich seine Frage doch etwas seltsam. Will er mir damit sagen, dass er sich von mir analysieren lassen will? Um Himmels Willen, nein! Wegen einer so trivialen Angelegenheit, in der er sich für verrückt hält? Er ist nicht verrückt, aber so zu tun, als wäre er es, kann ihn in ernsthafte Schwierigkeiten bringen. Am besten, ich gebe ihm die Frage zurück. „Sie müssen diese Frage für sich selbst beantworten. Was ich Ihnen jedoch sagen kann, ist, was Sie selbst sicherlich wissen: Masturbation ist ein natürlicher Akt, und Perversion ist ein relatives Konzept."

„Ja, das weiß ich. Es geht um das Zusammenspiel von Biologie und Kultur. Aber ich rede hier von etwas ganz anderem. Sagen Sie jetzt bitte nicht, es handelt sich bei diesem Akt um prägenitale Fixierung, oder um ungelöste ödipale Fixierung oder was weiß ich. Ich rede hier von etwas anderem, aber ich habe keine Erklärung dafür."

„Wenn Sie es nicht erklären können, vielleicht können Sie es *beschreiben*."

„Wie soll ich etwas beschreiben, für das die Worte fehlen? Haben Sie in Ihrer Praxis schon Männer gehabt, die masturbierten, kurz nachdem ihre Frau sich töten wollte?"

„Nein, aber ich hatte schon einen Mann, der alle vier Wochen auf das Grab seiner Mutter urinierte. Würden Sie sagen, *das* ist moralisch nicht vertretbar? Er mag mit diesem Verhalten etwas kompulsiv gewesen sein, aber er war absolut überzeugt, dass er einen legitimen Grund hatte, das zu tun, und ich hatte keinen Anlass, ihm zu widersprechen. Gehen Sie bitte nicht davon aus, dass er seine Mutter hasste, denn das tat er *nicht*. Wenn Sie darüber nachdenken, kommen Ihnen bestimmt einige Gründe in den Sinn, die sein Handeln als moralisch in Ordnung, oder zumindest als moralisch belanglos erscheinen lassen. Ich habe einen Kollegen, der zu seinen Patienten sagt, wenn sie ihn fragen, ob sie psychotisch sind, dass alle Menschen psychotisch sind, wenn sie träumen. Denken Sie doch an Ihre eigenen Träume. Bei vielem, was Sie träumen, fassen Sie sich an den Kopf, aber am nächsten Morgen gehen Sie Ihrer gewohnten Arbeit nach, als sei nichts gewesen, und niemand merkt Ihnen etwas an."

Bernie sieht mich fragend an, dann grinst er, als erinnerte er sich gerade an einen Traum. Mir fällt gerade ein Beispiel ungewöhnlichen Verhaltens ein, das seinem Problem vielleicht nahe kommt. „Vom großen Philosophen Diogenes hört man, dass er auf dem Marktplatz masturbierte und im Theater seine Exkremente verteilte, als Protest gegen die herrschenden sozialen Konventionen. Diogenes sagte, man solle instinktiv leben, wie ein Hund. Und beim Masturbieren sagte er: ‚Wenn es nur so einfach wäre, den Hunger loszuwerden, indem ich meinen Bauch reibe.' Ungewöhnlich, aber niemand würde behaupten Diogenes sei wahnsinnig gewesen. Schauen Sie, Herr Köhnlechner, ich fälle kein Urteil über das Verhalten meiner Patienten. Ich versuche ihnen zu helfen, zu einem besseren Verstehen ihres Handelns zu gelangen, indem ich das Unbewusste bewusst werden lasse und mit ihnen über die Art und Weise rede, wie sie ihre Beziehung zu anderen

Menschen gestalten, sodass sie mit der Zeit mehr Freiheit in der Wahl ihres Handelns bekommen."

„Ja, und genau deshalb bin ich jetzt hier. Helfen Sie mir zu erklären, warum ich mich so unmöglich verhalten habe. Sie sagen, Freiheit der Wahl. Was waren denn meine Optionen, als ich Ellen ins Krankenhaus brachte?"

Bernies Blick verrät Angst und Verzweiflung, so wie ich es bei ihm schon oft gesehen habe, wenn er mir von Ellen erzählte. Doch mir scheint, dass das, was er mir jetzt sagen will, nicht unmittelbar mit Ellen zu tun hat. Vielleicht kann ich ihm so auf die Sprünge helfen: „Haben Sie Ihre Gefühle bei dieser Sache vielleicht schon mal im Licht des Kontexts betrachtet, in dem Sie sich damals befanden?"

„Ja, natürlich! Ich weiß, was die Umstände damals waren, und Sie wissen es auch. Sie kennen doch diesen Kontext, Ellen hat fünf Jahre lang mit Ihnen darüber geredet. Darum ging es doch, den Kontext, den *sie* geschaffen hat, so wie sie alles fabriziert, was ihr gerade in den Sinn kommt. Können Sie sich nicht erinnern, in welchem geistigen Zustand sie war, als sie sich umbringen wollte, als sie jede Verbindung zur Realität verloren hatte? Sie hatte wochenlang nur dummes Zeug geschwafelt, aber diesmal war sie noch verwirrter als sonst. Das war in der Zeit, als sie ein Baum sein wollte, am besten einer von denen hinter unserem Haus. Ihr Leben wäre anders verlaufen, wäre sie der größte von diesen Bäumen gewesen, hat sie gesagt. Wochenlang sprach sie über nichts anderes als ihre geliebten Bäume. Sie wollte, dass ich mir ein Buch über Baumpflege zulege, damit ich lernen könne, sie besser zu verstehen. Der Gärtner und sein Lieblingsbaum sozusagen, wobei sie sich von *mir* niemals zuschneiden lassen würde. Die Unwirklichkeit von all dem, ihre Nicht-von-dieser-Welt-Phantasien, *das* war der Kontext, in dem ich masturbierte, im Auto. Andere Leute gehen nach Hause, nachdem sie ihre Frau ins Krankenhaus gebracht haben. Sie setzen sich vor den Fernseher, besuchen Freunde, schnappen sich ein Buch oder gehen in die Kirche. Und was tue ich? Ich masturbiere, im Auto, während der Fahrt! Was ich gemacht habe, in dieser Situation, ist so völlig unter meiner Würde, dass ich nicht einmal mit Ihnen frei darüber sprechen kann. Verstehen Sie das? Ich weiß gar nicht, wie ich anfangen soll."

„Sie haben bereits angefangen, Herr Köhnlechner."

„Ja, aber nicht richtig. Ich weiß, Ihre Tür ist geschlossen, Sie schreiben nichts auf, ich weiß auch, dass Sie unter Schweigepflicht stehen, und ich denke, Sie werden auch Ihrer Frau nichts davon erzählen. Trotzdem ist mir unwohl. Wissen Sie, wie ich mich gerade fühle? Wie in Kafkas Gerichtssaal. Kafka hat gewusst, was es heißt, gefangen zu sein und in diesen verfluchten Selbstzweifeln festzustecken. Kafka hat sich immer gefragt, was er mit sich selber gemein hat. Mir geht es genauso."

In früheren Begegnungen hat er mir Popper vorgehalten und mir erklärt, warum die Psychiatrie keine Wissenschaft sei. Sie erfülle die Popperschen Kriterien einer Wissenschaft nicht, weil unsere theoretischen Aussagen nicht falsifizierbar seien. Deshalb würde eine Analyse Ellen nicht viel bringen, beziehungsweise, man wüsste nicht, ob eine Besserung in Ellens Befinden etwas mit der Analyse zu tun hat. Jetzt kommt er mir mit Kafka, dem Anti-Wissenschaftler. Bei vielem von dem, was Kafka schrieb, könnte man eher den Verstand *verlieren*, als mit experimentell überprüfbaren Hypothesen zu neuen Erkenntnissen zu gelangen. Warum jetzt also Kafka? Hält Köhnlechner sich neuerdings für Josef K., schuldig bis ins Knochenmark, verschreckt wie ein geprügelter Hund, ödipale Ängstlichkeit, von Selbstzweifel zerfressen, voller Angst an sich selbst zu scheitern und deshalb entscheidungsunfähig? Jahrelang hatte er bei Ellen ausgeharrt, hat sich um sie bemüht, wie er mich glauben lassen wollte. Berief sich auf Hobbes, um mir zu erklären, wie er versuchte, mit Ellen einen Vertrag auszuhandeln, der ihnen ein geregeltes Zusammenleben garantieren würde. Hat wohl nicht geklappt, Herr Professor! Heute sitzt er bei mir im Gerichtsaal und tut Buße.

Das nächste Mal, wenn ich ihn sehe, wird er mir vielleicht von seinen Verwandlungsphantasien erzählen. Kafka wachte als Riesenkäfer auf, Köhnlechner steigt als gigantische Pflaume aus dem Bett. Die Niederlage in Gestalt einer Pflaume, die nur darauf wartet, auseinandergerissen und entkernt zu werden. Ich muss ihn beruhigen, sonst wird das heute nichts mehr.

„Vergessen Sie nicht, ich bin kein Richter, ich urteile nicht. Machen Sie sich keine Sorgen, Herr Köhnlechner. Sie glauben gar nicht, was meine Patienten mir alles erzählen, Dinge, von denen Sie wahrscheinlich noch nie gehört haben. Im menschlichen Wesen gibt es eine solch große Vielfalt von Verhaltensweisen, dass es praktisch unmöglich ist, sich auf einen einzigen Standard von richtig oder falsch zu einigen. Und Sie glauben gar nicht, was die Menschen sich alles einbilden können. Manche Leute empfinden die Dinge so subjektiv, dass man meinen könnte, alles in der Welt sei das Resultat ihrer Einbildung. Wenn Sie jetzt sagen, Ihr Verhalten an jenem Morgen im Auto war pervers, meinen Sie, dass Sie es als pervers *empfinden*. Ihre Emotionen sind das Ergebnis Ihrer Wahrnehmung, und wenn Sie sagen, Sie haben ein Problem, mit mir darüber zu reden, denken Sie dabei sicherlich an *meine* Wahrnehmung. Anstatt sich über meine Wahrnehmung Gedanken zu machen, könnten Sie es sich einfacher machen und meine möglichen Deutungen ignorieren. Wäre das für Sie eine Option?"

„Nein, Wahrnehmungen sind mir wichtig, ich lebe nicht allein auf dieser Welt. Ich will wissen, was *Sie* über diese Angelegenheit denken, als Analytiker. Dieser Vorfall ereignete sich vor über zwei Jahren, aber jetzt schwirrt mir die Sache im Kopf herum. Seit Wochen denke ich schon daran. War dieser Vorfall ein Schlüsselerlebnis meines wahren Ichs, oder war das bloß eine Macke, so wie jeder Mensch eine Macke hat, die bei mir aber nur in bestimmten Situationen zum Vorschein kommt, eine Art Ausrutscher in meinem ansonsten verantwortungsbewussten Leben? Ich will wissen, was in mich gefahren ist, Herr Birnbaum. Hatte ich nur in diesem Moment nicht alle Tassen im Schrank, oder bin ich in Wahrheit ein ganz anderer Mensch als der, für den ich mich immer gehalten habe? Ich kann Ihnen auch nicht sagen, was die Erinnerung an diesen Vorfall ausgelöst hat. Es ist wie ein Traum, den ich zu Ende bringen muss. Und was mich auch plagt, ist, dass ich mich in dem Moment, als ich es tat, pudelwohl fühlte. Doch jetzt fühle ich mich schlecht darüber, dass ich mich gut gefühlt habe. Das ist doch absurd. Was stimmt mit mir nicht, Dr. Birnbaum?"

Was mit ihm nicht stimmt? Ich könnte offen mit ihm reden. Er ist bei mir nicht in Behandlung, ich muss mich also nicht an die Regeln halten. Ich kann ihn fertigmachen, wenn ich will - und das überlege ich mir jetzt. Ich mag ihn nicht, nicht nur, weil er mit Ellen völlig danebenliegt. Schon aus Prinzip würde ich ihn nicht behandeln wollen. Er kommt aus dem Land, aus dem meine Eltern 1938 geflohen sind, in letzter Minute, bevor die Nazis alles übernahmen. Du musst dir nur die Geschichten anhören, die meine Eltern mir aus dieser Zeit erzählten. Die Österreicher haben nur darauf gewartet, bis die Nazis ihnen freie Hand geben, ihre jüdischen Mitbewohner zu peinigen. Schon am zweiten Tag nach dem Anschluss sind die ersten Patienten meines Vaters weggeblieben. Da waren Leute darunter, die er über Jahre hinweg behandelt hatte. Ab dem dritten Tag haben die Nachbarn mit meinen Eltern nicht mehr geredet und Leute auf der Straße haben ihnen ‚Jude, verrecke' nachgeschrien. Ich sage ja nicht, dass Bernie mit dem Nazigedankengut etwas am Hut hat. Aber er kommt aus einem Land, gegen das ich nun mal eine tiefe Aversion habe, von der ich mich einfach nicht lösen kann.

Ich sehe ja ein, dass meine Gedanken in dieser Hinsicht nicht gerade ehrenhaft sind. Bernie kann persönlich nichts dafür, dass so viele seiner Landsleute an der Vernichtung ihrer jüdischen Mitbürger teilgenommen haben. Aber er scheint die Möglichkeit, dass ich in dieser Sache sehr empfindlich bin, gar nicht in Betracht zu ziehen, und *das* stört mich. Ich weiß von Ellen, dass sie ihm von meinem Familienhintergrund erzählt hat. Er muss doch denken, dass ich von den Judenverfolgungen in Österreich damals betroffen sein könnte. Was glaubt er wohl, welche Sorte Leute er trifft, wenn er jetzt nach Wien reist und dort durch die Straßen schlendert? Kann er sich nicht vorstellen, Altnazis zu begegnen, die nur wenige Jahrzehnte zuvor ihren jüdischen Arbeitskollegen und Nachbarn ins Gesicht spuckten, sie an die Gestapo verrieten und, nachdem sie weg waren, sich deren Häuser und Wohnungen unter den Nagel rissen? Von wegen Küss die Hand, gnädige Frau! Er hätte mich wenigstens einmal darauf ansprechen können, er als Politikwissenschaftler, der sich mit Themen befasst, bei denen die Niederungen im menschlichen Denken und Handeln eine bedeutende Rolle spielen.

Mir ist bewusst, dass meine abwertende Haltung gegenüber Bernie auch den Grundsätzen unseres Berufs widerspricht. Aber wie soll ich denn bitte schön wohlwollende Neutralität praktizieren, wenn er sich, seit ich ihn kenne, wie ein Idiot aufführt? Seine Ängste sind wirklich grotesk, die will ich dir jetzt alle gar nicht aufzählen. Dieser Infantilismus, dieses Überlaufen an Selbstmitleid, für einen Mann um die vierzig, der sein Masturbieren im Auto als ein Schlüsselerlebnis seines Seelenlebens darstellt, ist das eine Farce. Vielleicht sollte ich ihm mal *Portnoys Beschwerden* zu lesen geben. Der arme Alex ist um einiges schlechter dran als er, und diese Heulsuse würde ich auch nicht unbedingt behandeln wollen.

Außerdem ist Bernie gar nicht mein Patient. Er soll froh sein, dass ich überhaupt mit ihm rede. Für mich ist er – und bitte schlag mich nicht dafür, Esther, wenn ich dir das so direkt sage –, für mich ist er einer dieser Hyperintellektuellen, die sich gern selbst reden hören und sich aufblasen, wie genial sie doch sind. Sie stehen im Hörsaal und sagen ihren Studenten, sie sollen ihre demokratischen Freiheiten in diesem Land schätzen und Verständnis gegenüber Unterbemittelten und Andersdenkenden praktizieren. Aber in ihrem eigenen Haus sind sie selbst nicht die Allerheiligsten. Auch sie produzieren Schmutz, und das nicht wenig. Ich hatte einmal einen deutschen Professor als Patient – er bezeichnete sich als Idealist, ich würde ihn eher ein ‚shtick dreck' nennen –, der sich jedes Semester an eine andere Studentin ranmachte, als „materieller Ausgleich" zu seiner Kopfarbeit, Dialektik im Hegelschen Sinne, wie er mir sagte. Ich habe schon mehrere solcher Typen auf meiner Couch gehabt. Wenn sie sich an ihren vielen Liebschaften sattgesehen haben und ihnen der Dreck bis zum Hals steht, weil ihre Frau zu Hause zu rebellieren anfängt, kommen sie zu mir und wollen, dass ich sie aus dem Schlamassel ziehe. Die härtesten Brocken unter diesen Gestalten sind Leute, die erst nach der zehnten Sitzung merken, dass ihr Heimweg zur Mutter, dem Ursprung ihres Elends, eine zweifache Weltumrundung werden wird. So ungefähr würde ich auch Köhnlechner einschätzen. Ich lasse mich auf ihn nur ein, weil seine Frau meine Patientin ist.

Ich muss dazusagen, er hat auch mit mir nicht viel am Hut. Er kam zu mir nur, weil Ellen bei mir in Behandlung ist. Ich weiß, Freuds ‚bedrohliche Illusion' funktioniert in beiden Richtungen. Wenn Köhnlechner mein Patient wäre, würde ich mich bemühen müssen, meine persönlichen Gefühle aus der Analyse herauszuhalten. Aber wie gesagt, er ist nicht mein Patient. Du magst das vielleicht anders sehen, doch du kennst ihn nicht. Jetzt blickt er mich an mit diesem Ausdruck tiefer Besorgnis und will von mir hören, wie ich die kleine Sauerei, die er in seinem Auto veranstaltete, wahrnehme. Ich soll ihm sagen, was mit ihm nicht stimmt. Doch was er in Wahrheit von mir hören will, ist, dass mit ihm alles in Ordnung ist. Diesen Gefallen werde ich ihm nicht tun. „Was glauben *Sie*, stimmt mit Ihnen nicht, wenn Sie in Ihrem Auto masturbieren? Geht es Ihnen um den Akt der Masturbation oder um die Tatsache, dass Sie masturbierten, kurz nachdem Sie Ellen im Krankenhaus abgeliefert hatten?"

„Das ist nicht ganz richtig. Ich habe sie nicht *abgeliefert,* so wie man jemand auf dem Weg zur Arbeit irgendwo in der Stadt absetzt, an einer Stelle, wo man kurz mal halten kann. Können Sie sich nicht erinnern, in welchem Zustand ich war, als Sie mich im Krankenhaus sahen? Ich war in Panik. Es war vier Uhr morgens, als ich Sie anrief und sagte, dass Ellen drauf und dran sei, sich umzubringen. Wissen Sie noch, wie durcheinander ich war? Ich hatte die ganze Nacht gehört, wie sie im Haus von Zimmer zu Zimmer ging, alle Schubladen in der Küche aufriss, den Schrank im Gästezimmer durchwühlte und alles aus der Vitrine im Bad herausfegte. Wahrscheinlich suchte sie nach ihren Imipramin Tabletten. Sie war auch einige Male draußen vor dem Haus und auf der Straße gewesen, vielleicht um Bäume zu umarmen oder geparkte Autos zu streicheln, was weiß ich. Und dann stand sie plötzlich neben mir am Bett, mit diesem gigantischen Küchenmesser in der Hand, und sagte, sie wolle alles beenden. Was heißt das, *alles* beenden? Sich umbringen oder *mir* die Kehle durchschneiden? Ich werde aus einem Fünfminutenschlaf gerissen und ich soll in einer Blitzsekunde herausbekommen, was sie meint, wenn sie sagt, sie will jetzt mit allem Schluss machen, während sie mit einem Küchenmesser in der Hand über mir steht. Das war kein Buttermesser, Herr Birnbaum, das war ein

*Metzger*messer, lang und breit wie eine Machete. Und die Klinge war *scharf*. Ihr bestes Stück, das sie einmal die Woche in ihrem Wetzapparat schärfte. Und Sie haben keine Ahnung, welch ungemeine Kraft in dieser Frau steckt, wenn sie handgreiflich wird. Während der ganzen Fahrt ins Mercer hat sie um sich geschlagen und mit dem Messer im Armaturenbrett herumgestochert. Haben Sie jemals versucht, jemandem, der Sie mit Füßen tritt, ein Messer aus der Hand zu ziehen, wenn Sie gleichzeitig ein Auto lenken müssen? Sie hat mir mehrere Male ins Lenkrad gegriffen und hat sogar versucht, aus dem Wagen zu springen, zweimal. Die Tür hatte sie schon offen und ein Bein hatte sie bereits draußen. Mit einer Hand lenkte ich den Wagen, und mit der anderen Hand hielt ich sie am Kragen fest. Zwischendrin musste ich einige Male anhalten, um die Tür zu schließen. Ich brauchte eine ganze Stunde für die zwanzig Meilen ins Mercer. Sie wissen gar nicht, was im Auto alles abging. Es war die Hölle. Können Sie sich erinnern, wie ich aussah, als wir uns dann im Krankenhaus trafen?"

Nun, ich muss sagen, ich habe schon viel Schlimmeres gesehen, Frauen zum Beispiel, die von ihren Männern grün und blau geschlagen wurden. Im Vergleich dazu sah Bernie höchstens aus wie ein Läufer, der es nicht fassen kann, nur als Zweiter ins Ziel gekommen zu sein. Aber wenn ich ihm das jetzt sage, fällt das Muttersöhnchen vollends auseinander. „Ja", erwidere ich beschwichtigend, „Sie sahen ziemlich mitgenommen aus. Wenn Sie sagen, mit Ihnen stimmt etwas nicht, Sie sind geisteskrank und ein anderer Mensch als der, für den ..."

„Wie bitte!", schreit er mich an. „Ich habe nicht gesagt, dass ich geisteskrank bin. Ich habe gesagt, dass ich krank vor *Angst* war. Ich war in Panik. Mein Verstand hat ausgesetzt, aber das heißt nicht, dass ich geisteskrank bin. Wenn ich geisteskrank wäre, wie würden Sie dann Ellen bezeichnen? Geistig tot, ein mentaler Totalschaden? Wer ist denn bei Ihnen in Behandlung? Ellen oder ich? Ellen, Patientin von Beruf, ist jede Woche bei Ihnen, und das schon seit über fünf Jahren. Die Sitzungen bei Ihnen waren für sie zu einer Lebensgewohnheit geworden. Noch ein paar Jahre, und Sie hätten zur Familie gehört. Ellen, die noch nie einen Beruf ausgeübt hat, die keine Ahnung hat von Doktorandenbetreuung, die noch nie Bewerbungsgespräche geführt und noch nie mit Studenten über Noten verhandelt hat, die keinen blassen Schimmer hat, was verantwortungsvolles Arbeiten bedeutet, die noch nie vor einer Masse von Leuten einen Vortrag gehalten hat und noch nie eine Gremiensitzung geleitet oder neue Kollegen eingestellt hat, eine Person, deren Hauptrisiko im Leben darin besteht, dass sie den falschen Baum umarmt und nach dem Frühstück statt Magnesium Pillen einen Vitamin B Komplex schluckt, dieser Person soll man alles durchgehen lassen, aber ich soll geisteskrank sein?! *Ellen* ist die Wahnsinnige, nicht ich.

„So habe ich das nicht gemeint, Dr. Köhnlechner. Was ich sagen wollte, beziehungsweise was ich sagte, war, dass Sie ziemlich mitgenommen aussahen. Das war bestimmt nicht einfach für Sie."

Bernie presst die Lippen zusammen, dann legt er los. „Wie, nicht einfach? Als ich Sie anrief, sagten Sie nur, ich solle Ellen ins Krankenhaus bringen. ‚Bringen Sie sie ins Mercer, ich werde dann nachkommen', sagten Sie. Dachten Sie, ich soll ihr helfen, ihr Köfferchen zu packen, und dann geleite ich sie zum Auto und halte artig die Tür für sie auf, so dass sie in Ruhe einsteigen kann? Ich habe sie ins Auto *zerren* müssen, und sie hat sich geweigert, den Sitzgurt anzulegen. Glauben Sie vielleicht, das war eine Fahrt ins Blaue. Während der ganzen Fahrt hämmerte sie mit den Fäusten auf mich ein, trampelte mit den Füßen gegen die Gangschaltung und griff mir ins Lenkrad. Und als wir endlich im Mercer ankamen und sie diese zwei Bullen durch die Tür kommen sah, trat sie mit den Füßen gegen *sie*. Sie wollten sie mit Lederriemen einschnüren, um sie ruhigzustellen, aber ich hielt sie auf Distanz, weil *ich* Ellen auf die Station bringen wollte, weil ich ihr versprochen hatte, mich um sie zu kümmern, weil ich sie nicht einfach in die Hände von Leuten geben wollte, die ihre speziellen Bedürfnisse nicht kennen. Als sie sich sträubte, den Aufzug zu betreten, und der größere von den beiden, ein richtiger Schrank von Mann, eine Spritze die Größe einer Harpune aus der Tasche zog, habe ich ihn aus dem Weg gestoßen. Ich habe seine Arbeit gemacht, aber besser und ohne dass man Ellen wehtun musste. Ich habe diese zwei Bullen überredet, mich das alles machen zu lassen. Ich habe gesagt, dass ich das ohne Spritze und ohne Zwangsjacke hinbekomme, weil ich ihr Ehemann sei, auf den sie sich müsse verlassen können, weil sie Rechte hätte, weil man sie als Mensch behandeln müsse, weil ich ... weil alles ... Glauben Sie denn, das war alles so einfach?"

Ach, mir kommen jetzt gleich die Tränen. Ich muss mich zwingen, nicht zu grinsen. Der arme Kerl denkt, er muss alles selber machen, er kann sich auf niemanden verlassen, weil niemand Ellen so nahe steht wie er und niemand sie besser kennt als er. Er muss allen zeigen, wie fürsorglich er doch ist, wie er sich für sie aufopfert, wenn zwei Muskelmänner sich gleichzeitig an sie ranmachen. Will er von mir einen Preis für den sensibelsten und aufmerksamsten Ehemann, den sich eine Patientin der Psychoanalyse wünschen kann? Oder soll ich ihm eine würdigende Erwähnung in einer Fallstudie geben, die ich gerade für ein Buch schreibe, wobei ich leider seine wahre Identität verstecken müsste? Ich könnte ihm auch sagen, dass er gesunden Menschenverstand eingesetzt habe, was nicht jeder in seiner schwierigen Lage fertiggebracht hätte? Irgendwie muss ich ihm unter die Arme greifen, so schwer es mir fällt, sonst schafft er es nicht bis zum Mittagessen. „Ja", erwidere ich, „ich weiß, ein Mensch zu sein, ist nie einfach. Sie sorgten sich um Ellens Sicherheit."

„Natürlich machte ich mir Sorgen, aber nicht nur um ihre Sicherheit. Ihre Würde war es, was ich verteidigte. Die beiden Männer, die uns am Eingang entgegenstürmten, diese Hünen, mit Zwangsjacke, Lederriemen und Riesenspritzen kamen sie anmarschiert, und sie hatten diesen unbarmherzigen Ausdruck im Gesicht, der sagte: Mach bloß keine Mätzchen, Kleine. Sie hatten die komplette Ausrüstung für eine Zwangseinweisung dabei. Was ich hatte, waren nur Worte. Und ich musste die richtigen Worte finden, um sie von Ellen fernzuhalten, damit ich sie allein auf die Station bringen konnte, und das, nachdem ich die halbe Nacht in Angst wachgelegen hatte, und nach dieser Wahnsinnsfahrt, auf der sie zweimal fast aus dem Auto gesprungen wäre. Gleichzeitig musste ich Ellen überreden, mit mir auf die Station zu gehen. Wenn Sie wüssten, was ich als Ausreden alles erfand, um Ellen in die Psychiatrie zu lotsen. Ich versprach ihr, dass sie diesmal ihr eigenes Zimmer bekommen würde, ein ruhiges Zimmer, mit Blümchenvorhang und Blick auf den Park. Das letzte Mal hatte sie ein Zimmer mit Blick auf den Parkplatz. Das war eine Tragödie, und die Schuld dafür hatte sie mir gegeben und behauptet, ich hätte mich nicht für sie eingesetzt. Jetzt versprach ich ihr das beste Zimmer im Haus. Ich sagte, die Videothek hätte ein paar ihrer Lieblingsfilme in die Sammlung aufgenommen, und der Speiseplan enthalte nun auch Tofuburger und biologisch angebauten Spinat. Ich ließ mir alles Mögliche einfallen, um sie auf die Station zu bugsieren. Erst als wir alle im Aufzug waren, hörte sie langsam auf, um sich zu schlagen. Dr. Birnbaum, verstehen Sie, was ich Ihnen sage? Ich habe sie nicht einfach im Krankenhaus *abgeliefert* und bin dann nach Hause gefahren, um weiterzuschlafen. Ich musste zur Arbeit. Ich hatte zwei Vorlesungen an diesem Vormittag und dazwischen noch eine Verabredung mit einem Gastprofessor aus Frankreich. Da war keine Zeit, Schlaf nachzuholen. Als ich die Psychiatrie verließ und ich sie auf diesem kalten Metallrahmenbett in diesem antiseptischen Zimmer sitzen sah, mit diesem leeren Ausdruck im Gesicht, war es, als ob sie ihrem Tod in die Augen blickte. Und fünf Minuten später saß ich im Auto und masturbierte."

Schön, aber was will er mir damit sagen? Dass er ein Held ist, der sein ohnehin schon hartes Leben aufs Spiel setzt, um Ellen vor dem Tod zu bewahren, oder dass seine Rettungstat nicht viel wert ist, weil er nur durch Betrug zum Heldentum gelangt ist. Glaubt er, Ellen hätte ihn angezeigt, wenn sie in den Hamburger gebissen und gemerkt hätte, dass im Brötchen fettiges Fleisch statt glutenfreier Tofu steckt? Mir kommt hier die Drohung in den Sinn, die der verhinderte Verlobte Georg von seinem Vater in Kafkas *Urteil* zu hören bekommt und dabei an seine Mutter denkt, die ihm die Leviten verlesen würde, wenn er das Fräulein heiraten würde. Du kennst doch bestimmt diesen Roman. Was Georgs Vater sagte, war ungefähr das: „Erlaube dir bloß nicht, dich bei deiner Braut einzuhängen und dich mir in den Weg zu stellen! Ich werde sie aus dem Weg räumen. Die Kraft dazu hat mir deine Mutter gegeben." Das erinnert mich an das, was Bernie mir in unseren früheren Begegnungen von seiner Mutter erzählte, von ihrer Energie und ihrem scharfen Blick für Anstand und Disziplin. Dass er mit ihr umgeht, als sei sie die Schutzpatronin aller seiner Bedürfnisse, und dass sie die Zeremonienmeisterin seiner essentiellen Ambivalenz ist, habe ich ihm noch nie gesagt, und auch jetzt sage ich nur: „Nun, Sie waren erschöpft, das ist verständlich, und als Sie heimfuhren, fühlten Sie sich erleichtert im Wissen, dass Ellen in Sicherheit war und Sie ihre Würde verteidigt hatten."

„Nein, das ist es doch gerade. Ich dachte gar nicht an Ellen, ich dachte an mich selbst. Ich feierte mein Id, und ich feierte, indem ich masturbierte! Wer soll das verstehen? Als ich heimfuhr, war ich ekstatisch, ich war frei, ich konnte jetzt tun und lassen, was ich wollte. Und was tat ich mit meiner Freiheit? Ich zog meinen Penis heraus und ich tat etwas, das ich getan habe, seit ich dreizehn Jahre alt bin, aber jetzt tat ich es, während ich die Main Street hinunterfuhr, um sechs Uhr morgens, zur selben Zeit, als meine Frau ans Bett geschnallt wird und gerade die erste Ladung Drogen in sich hineingepumpt bekommt. In der Zeit, wenn normale Menschen ins Büro fahren und dabei an ihre Arbeit denken, rase ich masturbierend die Main Street hinunter und tue etwas, das ich noch nie, und ohne dass ich dabei irgendeine ... obwohl ich ... Was schauen Sie mich so an?"

„Ich höre Ihnen zu, Herr Köhnlechner. Ich finde, was Sie sagen, interessant." Ich weiß, Esther, als Therapeut sollte ich keine Meinung abgeben, aber er ist nicht mein Patient.

„Interessant? Ich würde eher sagen, das war ... Oder man könnte auch sagen, dass ich neuerdings auch einmal ... Ach, ich weiß nicht, ob Sie das überhaupt hören wollen."

„Haben Sie nicht gesagt, Sie wollen meine Wahrnehmung in dieser Sache hören?"

„Ja, aber ich weiß nicht, ich bin jetzt ganz durcheinander. Was ich Ihnen gerade erzählte, ist so abnormal, ich weiß doch selbst nicht, wie ich das alles erklären soll. Ich bin eigentlich gar nicht so."

Das glaube ich ihm sogar, bei diesem Familienhintergrund! Höflichkeit und Anstand waren das Leitmotiv seiner Kindererziehung gewesen, das hat er mir bei früheren Gelegenheiten immer wieder und in allen Einzelheiten erklärt. Es war hauptsächlich seine Mutter gewesen, die sich um ihn kümmerte. Konkret hieß das, dass sie auf ihn achtgab und sich immer Sorgen um ihn machte. Und was für Sorgen das waren! Wäre sie Jüdin, könnte man das jüdische Sprichwort anwenden: Sie ist die Mutter, die Gott schuf, weil Gott nicht überall sein kann. Sein Vater hatte sich aus seiner Erziehung herausgehalten, was vielleicht mit seinem Beruf als vielreisender Handelsvertreter zu tun hatte. Aber auch wenn er zu Hause war, stand er mehr im Hintergrund. Er war aber immer lieb zu seinem Sohn, er nahm ihn sonntags mit in die Sauna, ging mit ihm auf den Spielplatz und sorgte dafür, dass Bernie seinen Wunschzettel für Weihnachten rechtzeitig auf das Fensterbrett legte. Mit Geschenken war er sehr großzügig, und er war auch nicht derjenige, der Bernie bestrafte, wenn dieser nicht parierte.

Das war die Rolle seiner Mutter gewesen. Sie war Bernies kastrierender Elternteil. Sie hat ihm die

Regeln eines produktiven Lebens eingetrichtert, mit riesigen Schöpflöffeln hat sie ihm gutes Benehmen eingeflößt und mit ernsten Worten hat sie ihm die Vorteile einer „guten Kinderstube" erklärt. Und er hat sich an die Regeln gehalten, sagte er mir. Er machte alle seine Hausaufgaben, bevor er zum Spielen nach draußen ging, er kam nie zu spät zur Schule, und im Klassenzimmer saß er kerzengerade auf seinem Stuhl, immer in der ersten Reihe und unmittelbar vor dem Pult des Lehrers, damit er die Aufmerksamkeit bekam, die er benötigte, „damit aus ihm einmal etwas wird", wie seine Mutter es ausdrückte. Jeden Tag trug er ein frisch gebügeltes Hemd, und auch beim Spielen hatte er immer ein sauberes Taschentuch dabei. Falls du hinfällst und deine Knie bluten, sagte sie. Sein Scheitel saß richtig, im Hausaufgabenheft waren alle Buchstaben millimetergenau auf der Linie und er glühte vor Stolz, wenn sein Lehrer ihn für seinen Einsatz lobte und die Nachbarn seine Mutter zu seinem artigen Benehmen beglückwünschten. Was haben Sie für ein aufmerksames und gescheites Kind! So wohlerzogen. Wie machen Sie das nur, Frau Köhnlechner?

Ganz einfach, sie hatte schon früh damit angefangen, ihn zu lehren, dass jeder Mensch Ideale brauche, nach denen er sein Leben ausrichten müsse: Anstand, Fleiß, Ordnung, Tugend, Würde, Edelmut, Mitgefühl für Schwächere und, nicht zu vergessen, Dankbarkeit seinen Eltern gegenüber, die ihm das alles beigebracht haben, einschließlich das beklemmende Gefühl von Scham, wenn man gegen die Regeln des Anstands verstößt. Eine schlechte Note in einem einzigen Schulfach, und seine Mutter behauptete, die Nachbarn würden sein Versagen *ihr* vorwerfen. Ich will nur die besten Noten sehen, sagte sie zu ihm, wenn er sich am ersten Tag eines neuen Schuljahres auf den Weg zur Schule machte. Ich will mich wegen dir nicht schämen müssen, wenn du schlechte Noten heimbringst. Was höchst unwahrscheinlich war, denn sie hatte schon früh dafür gesorgt, dass dieser Fall nicht eintreten würde. Um sicher zu gehen, dass er sich im ersten Grundschuljahr bereits nach ein paar Wochen als Klassenbester herausschälen würde, musste er im Jahr vor der Einschulung jeden Abend vor dem Schlafengehen auf einer neben dem Bett stehenden Schiefertafel manchmal fünf, manchmal zehn Rechenaufgaben lösen. Man kann nie früh genug damit anfangen, sagte sie. Während seine Freunde von ihrer Mutter Gutenachtgeschichten vorgelesen bekamen, musste Bernie schon als Fünfjähriger neun von sechzehn abziehen. Wenn er einen Fehler machte, fand er diesen am nächsten Morgen angekreuzt, und er musste dann vor dem Frühstück die richtige Antwort vorlegen. Er machte selten Fehler, aber die, die ihm unterliefen, waren für seine Mutter Anlass zu bohrenden Fragen über seine, und damit *ihre* Zukunft. „Du willst doch mein Wunderkind sein?“, sagte sie zu ihm, wenn er an zwei Tagen hintereinander einen Rechenfehler gemacht hatte, in einem Ton, der alles bis dahin von ihm Geleistete mit einem Schlag zunichtemachte.

Du glaubst mir nicht, Esther? Frag ihn. Vielleicht wird er dir Dinge erzählen, von denen du noch nie gehört hast. Mich würde es nicht wundern, wenn er schon im Kindergarten mit seinem Penis in der Luft herumwedelte. Angst und Verzweiflung stehen ihm im Gesicht geschrieben, während er jetzt auf meine Antwort wartet, wie ich seinen Umgang mit seinem Penis im Auto einschätze, oder was immer es ist, das er mir sagen will. Muss ich ihn jetzt auf den Schoß nehmen, so wie seine Mutter es tat, nachdem sie ihn für ein Vergehen bestraft hatte? Wenn er einmal unartig gewesen war, hatte seine Mutter ihn das unmissverständlich wissen lassen, aber danach war sie immer extra lieb zu ihm gewesen. Sie habe immer nur das Beste für ihn gewollt, war seine Antwort, als ich ihn einmal fragte, wie er seine Mutter empfunden habe, wenn sie ihn tadelte. Zuerst habe sie ihm eine gewaschene Moralpredigt gehalten, aber dann habe sie ihn auf ihren Schoß genommen, die Arme um ihn gelegt und ihm dann ins Ohr geflüstert: „Du willst doch, dass ich stolz auf dich sein kann. Oder willst du, dass man mich wegen dir auslacht?“ Aber warum sollte er das bloß wollen? Er liebte doch seine Mutter.

„Machen Sie eine kleine Pause und atmen einmal ganz tief ein“, sage ich zu ihm. „Dann lassen Sie die Luft langsam heraus, zuerst die Hälfte und dann den Rest. Und dann reden Sie weiter. Wir sind hier ganz unter uns.“

„Ja, aber was ich Ihnen sage, dürfen Sie nicht weitererzählen.“

„Keine Sorge, ich werde es für mich behalten.“

„Und Ihre Frau?“

„Was ist mit meiner Frau?“

„Sie werden auch Ihrer Frau nichts sagen?“

„Ich werde es niemandem weitererzählen.“

„Und nicht nur heute nicht. Auch nicht in der Zukunft.“

Bevor er mich jetzt bittet, einen Schwur auf *meine* Mutter abzulegen, wiederhole ich mein Versprechen der Diskretion, deute auf die geschlossene Tür und biete ihm ein Glas Wasser an, was er ablehnt.

„Okay, dann rede ich jetzt ganz frei. Sie wollen es so.“ Er blickt mich an, als wolle er die Bestätigung, dass ich die Verantwortung für seine Offenheit übernehme, doch ich sage nichts. „Also, wie Sie wollen. Ich masturbierte, im Auto, wie ich sagte. Und ich tat es während der Fahrt. Das sagte ich auch schon. Wie wild ging ich an die Sache ran.“ Wieder zögert er und schaut mich prüfend an. Ein

Schimmer von tiefer Verlegenheit huscht über sein Gesicht, als er nach einer Weile fortfährt, aber nur anfangs, und dann redet er wie ein Wasserfall. „Ich sage Ihnen jetzt alles ganz offen und frei, so wie es wirklich war. In Ordnung? Von Sublimierung keine Spur, Herr Birnbaum. Ich habe nichts verdrängt, und alles lief wie geschmiert. Vor einer halben Stunde noch hatte ich mit einer Hand das Lenkrad umklammert, und mit der anderen Hand hatte ich Ellen am Kragen gepackt, und jetzt ist es mein Penis, an dem ich mich festhalte. Ich rackere mich ab, als ginge es um mein Leben. Ich denke, jetzt oder nie! Welcher Einsatz, welch ausgefeilte Technik! Diese Raffinesse! Weltklasse ist das! Olympiareif! In zwanzig Sekunden habe ich einen Orgasmus, vielleicht waren es auch nur zehn Sekunden, drei Minuten später einen zweiten, und als ich kurz danach zu Hause bin, im Auto auf dem Parkplatz vor dem Haus, einen dritten, und dann sage ich mir, Himmel sei Dank, ich bin wieder Herr über mich selbst. So, jetzt wissen Sie es, Doktor, es ist raus, ich hab's gesagt, ganz ehrlich. Was war da bloß los mit mir?"

Genau, jetzt ist es heraus. Masturbatorische phallische Fixierung, würde ich sagen, außer es kommt noch etwas anderes dazu. Er glaubt wohl, indem er mir von dieser Angelegenheit erzählt, in dieser Schnelligkeit und mit der für ihn typisch übertriebenen Dramatik, wie immer, wenn er von sich und seiner Herrlichkeit redet und dann seine Auslassungen als Selbstkritik hindreht, kann er mir seine Aufrichtigkeit sich selbst gegenüber demonstrieren, ohne dass er etwas gegen seine Ängste tun muss. Schildert mir seine Sorgen um Ellen, kommt dann aber zu mir und sagt, er verstehe sich selbst nicht! Eigentlich sei er „gar nicht so“, behauptet er. Wie ist er denn dann, wenn *nicht so*?! Glaubt wohl, indem er mir das alles in den kräftigsten Farbtönen beschreibt, in ein paar schnellen Sätzen die Einzelheiten seiner Heldentat im Auto vorträgt, wird daraus Psychoanalyse der feinen Art. Und mir sagt er, ich hätte ihn *gezwungen*, sich mir zu öffnen! „Sie wollen es so“, sagte er. Mal schauen, was er sonst noch auf Lager hat. Bin gespannt, vielleicht ist er doch anders als „gar nicht so“. „Gibt es sonst noch etwas, was Sie mir sagen wollen, Professor?“

„Ah, Professor! Jetzt bin ich für Sie der Professor. Verstehe, Sie wissen jetzt, dass Lehre und Forschung nicht alles ist, was ich den ganzen Tag über mache. Sie dachten, dieser Professor hat nur Bücher und Theorien im Kopf, und jetzt hören Sie etwas ganz anderes von mir. So denken Sie doch jetzt, stimmt's? Im Hörsaal ein Klugscheißer, im Auto der letzte Abschaum. Statt in seinem Büro zu hocken und sich an statistischen Programmen die Zähne auszubeißen oder sich mit unflätigen Studenten herumzuärgern, sitzt er in seinem Auto und lebt seine primitiven Sexualphantasien aus. In all den Jahren, als Ellen immer wieder neue Syndrome ihres Leidens erfand, liege ich die halbe Nacht wach und mache mir Sorgen, was sie als nächstes tun wird. Ich kämpfe mich durch die neueste Forschung in der Psychiatrie, wenn sie gerade wieder eine ihrer Panikattacken hatte, ich rede mit ihr in Gedanken, während ich an der Kasse im Supermarkt stehe und sogar während ich eine Vorlesung halte, ich rase durch halb Neuengland mit ihr auf dem Rücksitz, Mundwinkel zuckend wie wild und Wangen voller roter Pickel, auf der Suche nach einem Spezialarzt. Ich mache mich verrückt bei dem Gedanken, dass sie sich umbringen wird, und jetzt, nachdem sie es tatsächlich versucht hat, bin ich keine fünf Minuten im Auto und habe schon zweimal meinen Samen versprüht. Und stellen Sie sich vor, ich hätte dabei einen Unfall gebaut. Was, wenn ich umgekommen wäre und sie hätten mich in diesem Zustand gefunden, mit meinem aus der Hose hängenden Penis und dem noch warmen Sperma an der Windschutzscheibe? Und dann die Balkenüberschrift im *Daily Citizen*: PROFESSOR STIRBT WÄHREND SEXFAHRT! Der Professor, der ein Dutzend Auszeichnungen für seine Forschungsleistungen erhalten hat, dessen Arbeiten weltweit in den besten Zeitschriften zitiert werden, der distinguierte Gelehrte, dem Eltern für viel Geld ihre

Töchter anvertrauen, dieser Mann entpuppt sich als degeneriertes Schwein, als dreckige Kakerlake, krank und verdorben in der Art und Weise, wie er sich seiner Frau entledigt und sich dann im Auto im *Who's Who* der Sexbesessenen verewigt. So denken Sie jetzt doch, Herr Doktor, nicht wahr? Kaum ist er aus dem Parkplatz heraus, und schon hat er seinen Hosenladen offen. Und dann rast er mit fünfzig Sachen durch die Stadt, statt im Krankenhaus am Bett seiner Frau zu warten, bis sie nach den Elektroschocks aus der Narkose aufwacht. Sie hat einen Zusammenbruch erlitten, und er feiert seine Wiederauferstehung. Doktor Birnbaum, Sie sehen bestürzt aus. Bin ich denn so furchtbar krank?"

Wir sind alle krank, durch und durch, könnte ich zu ihm sagen. „Was genau wollen Sie, das ich Ihnen jetzt sage, Professor Köhnlechner?"

„Was ich will? Ich will eine Erklärung für mein Verhalten. Ich will wissen, welche Kausalmechanismen hier am Werk waren, die mich dazu brachten, so etwas zu tun."

„Was meinen Sie mit Kausalmechanismen?"

„Sie sind doch ein Fachmann in Freudscher Analyse. Wenn Sie etwas mit freudianischen Kausalkonzepten nicht erklären können, existiert es nicht. Also dann erklären Sie mir doch mein Verhalten. Verstehen Sie mich bitte nicht falsch, ich bin selbst ein glühender Verfechter kausalen Denkens. Die

Sozialbeziehungen, die ich untersuche, sind nie geradlinig und eindeutig. Undurchsichtige Hintergründe, nicht beherrschbare Umstände, irre Überraschungen und Zufälle wohin man schaut. Und ich werde nervös, wenn ich nichts Brauchbares zu den Prozessen sagen kann, die eine Variable mit unterschiedlichen Ergebnissen verbinden, weil die Abläufe kontaminiert sind durch alle möglichen, nicht vorhersehbaren Kontingenzsituationen."

Ich kann mir denken, was jetzt kommt. Der schlaue Professor wird mich nach dem Einfluss von Kontingenzfaktoren und außergewöhnlichen Umständen fragen, die ihn bewogen, Hand an sich zu legen. „Ich denke, ich bin ganz gut in der Analyse komplexer sozialer Dynamiken. Ich kann Ihnen zum Beispiel erklären, wie eine stabile Demokratie funktioniert, und ich verstehe die Narrative, mit denen Menschen ihr Verlangen nach Ruhe und Sicherheit befriedigen. Ich kann zum Beispiel auch einiges zu den Mechanismen sagen, warum Menschen entgegen ihrer eigenen Interessen wählen, aber ich habe keine Ahnung, was in *meinem* Kopf abging, als ich im Auto masturbierte. Ich weiß, wie sich Mitleid anfühlt, ich kenne Ergebenheit, Demut, alles, was einen Menschen ausmacht, vor dem man Respekt haben sollte, doch was ich da tat, mein Gott, das war nicht ich. Aber ich *war* es, ich war es *wirklich*. Herr Birnbaum, Ellen hatte sich eben noch aus dem Auto stürzen wollen" - vergiss das Messer nicht, mein Junge, mit dem sie dich aufschlitzen wollte - „und jetzt mache ich so etwas. Eigentlich will ich ... ich möchte so gern ... Ach, ich weiß nicht. Sie glauben gar nicht, wie sehr ich mich schäme, jetzt, da ich ihnen so offen erzählt habe, wie alles vor sich ging. Vielleicht hätte ich gar nichts sagen sollen. Aber Sie wollten es ja wissen."

„Verzeihung, Herr Köhnlechner, *Sie* haben die Sache angesprochen, also denke ich, dass sie Ihnen wichtig ist. Ich kann mich erinnern, dass wir über Ellens Gefühle bei ihrer Aufnahme im Krankenhaus gesprochen haben, aber über *Ihr* Erlebnis, was *Sie* dabei empfanden, haben wir damals nicht geredet."

„Wieso Erlebnis? Was in meinem Auto geschah, war kein *Erlebnis*. Fallschirmspringen ist ein Erlebnis, ein Tauchgang zu einem Schiffswrack in hundert Meter Tiefe ist ein Erlebnis, aber nicht das, was ich im Auto anstellte. Für *das* gibt es keine Worte. Hören Sie mir überhaupt zu, oder glauben Sie mir nicht?"

„Ich höre Sie. Sie sagten, Sie haben an diesem Morgen etwas sehr Schwieriges vollbracht, ohne die Hilfe anderer. Sie sagten, dass die Fahrt zum Krankenhaus für Sie eine Höllenfahrt war und dass sie Ellen in die Klinik brachten, ohne dass jemand dabei zu Schaden kam. Ich würde schon sagen, das war eine Leistung."

„Ja, das war eine Leistung, aber das ist nicht das Problem. Wenn es nur um meine Freude ginge, wenn ich etwas Schwieriges gemeistert habe, sollte ich bei jedem Papier, das zur Veröffentlichung angenommen wird, einen ganzen Tag lang masturbieren. Was ich in meinem Auto getan habe, ist etwas ganz anderes. Das war völlig außerhalb meines normalen Charakters."

„Was ist Ihr normaler Charakter, Professor?"

„Warum fragen Sie das?"

„Nun, Sie fragen sich, ob Sie krank im Kopf waren unter ungewöhnlichen Umständen, in einem Kontext, den Sie als panikmachend beschreiben. Also bin ich neugierig, wie Sie sich charakterlich fühlen unter *normalen* Bedingungen, wenn Sie nicht unter Stress stehen und keine Panik spüren."

„Unterschiedlich, würde ich sagen. Das hängt ganz von der Situation ab, in der ich mich befinde. Auf jeden Fall fühle ich mich anders, wenn Ellen nicht in meiner Nähe ist. Sie haben mich immer nur gesehen, wenn Ellen neben mir saß. Und wenn ich einmal ohne sie hier war, haben wir gewöhnlich über *sie* geredet. Wenn wir zusammen in Ihrer Praxis waren, war das immer wie ein Spießrutenlauf, nichts als Anklagen, Vorwürfe und Beschwerden. Sie hat diesen fürchterlichen Instinkt für Beschwerden. Erinnern Sie sich, wie sie in jeder Sitzung ihre Litanei an Beschwerden über mich herunterrasselte, als hätte sie die ganze Woche ihren meisterhaften Auftritt bei Ihnen akribisch genau geplant? Ich bete nie, ich gehe nie mit ihr ins Kino, und wenn, dann absichtlich in den falschen Film, ich weigere mich, ihre Bücher zu lesen, ich arbeite sonntags, bla, bla, bla. Können Sie sich erinnern, wie sie ihr Zusammensein mit mir beim Abendessen haben wollte? *Klangvoll* sollte unsere Unterhaltung sein, als sei das Abendessen eine verbale Yogaübung. Langsam kauen, leise reden, tief aus dem Bauch heraus atmen und dabei zeremonielle Glöckchen klingeln lassen. Ommm, das allabendliche Gebetsmantra im Hause Köhnlechner. Und wie sie vom Geschlechtsverkehr redete, das war auch nicht viel anders: sanftes Klockenspiel, Kerzenschein und viel Pathos. Schon allein wie sie dieses Wort aussprach, Geschlechtsverkehr, da kann einem richtig warm ums Herz werden. Hunderte duftende Blätter von Rosen und Ringelblumen liegen um das Bett herum verstreut, Rauchschwaden vermischen sich mit dem Duft von parfümierten Kerzen, eine Schatzkiste voll mit Eindrücken und Inspirationen. Und dann ihr Gewäsch von zärtlichem Austausch menschlicher Zuneigung, von gemeinsamem Kuscheln nach gelungener Tat. Diese Tat hieß bei ihr ‚Liebe machen'! Herr Birnbaum, was sie machte, war etwas anderes als Liebe. Sie können sich gar nicht vorstellen, wie sie *tatsächlich* war beim Geschlechtsverkehr, wenn man das überhaupt Verkehr nennen kann. Das war eher so eine Art *Stoß*verkehr, ein Stoßen, Zerren und Reiben, überhitzte Rumpelei, mit Blutergüssen an Armen und Schenkeln, wie nach einer Fahrt im Boxauto, und am nächsten Morgen kann ich die Abdrücke ihrer Zähne auf meiner Brust zählen. Und da gab es diese eine Nacht, von der hat sie Ihnen bestimmt nicht erzählt. Das war kein ‚Liebe machen'. Was man da hörte, war kein Bettgeflüster, und es war ganz bestimmt auch kein Lustgeschrei, jedenfalls nicht von mir. Sie wollen etwas über meinen Charakter wissen, wie ich unter normalen Umständen bin? Okay, aber warum fragen Sie mich zur Abwechslung nicht mal nach *Ellens* Charakter, nach dem, was bei *ihr* normal ist. Aber wahrscheinlich würden Sie mir das gar nicht abnehmen. Was sie tat, verstößt gegen alle moralischen Grundsätze. Ich kann Ihnen gar nicht sagen, wie sie sich in dieser Nacht aufführte."

„Aber Sie werden es trotzdem versuchen."

„Wieso sagen Sie das?"

„Weil ich das Gefühl habe, Sie *wollen* es mir erzählen."

„Sie würden denken, ich bin verrückt, Ellen so etwas machen zu lassen."

„Woher wissen Sie, was ich denken werde?"

„Weil ich mir das gut vorstellen kann, nach allem was Sie ... Weil ich vorhin ... Ach, vergessen wir's."

„Vergessen wir *was*?"

„Sie fragten nach meinem Charakter unter normalen Umständen. Blendend, würde ich sagen, wenn Ellen mir nicht im Nacken sitzen würde. Aber die Umstände waren nie normal, sie war immer in meiner Nähe."

„Dann erzählen Sie mir doch, wie Sie sich fühlten, wenn sie in Ihrer Nähe war, in jener Nacht zum Beispiel. Können Sie mir einen Einblick geben in das, was Sie vorhin ‚Stoßverkehr' nannten? Was soll ich mir darunter vorstellen, Herr Köhnlechner?"

„Wollen Sie das wirklich wissen?" Wenn er jetzt nicht bald mit seiner Geschichte beginnt, werde ich die Jalousien herunterziehen müssen und das Licht auslassen. Ich nicke ihm meine Zustimmung zu. „Okay, wenn Sie es wirklich wissen wollen, dann sage ich es Ihnen." Ja, mach schon, brülle ich ihm lautlos zu, und in Gedanken sitze ich kerzengerade auf der Kante des Sessels. „Erinnern Sie sich, als ich in ein Zimmer im Keller unseres Hauses zog, ein paar Monate, bevor wir uns trennten? Ich wollte in meinem eigenen Zimmer schlafen. Sie war mir wochenlang auf den Fersen gewesen. Ich konnte nicht mehr ruhig arbeiten. Fünfmal am Tag rief sie mich im Büro an. Sie kam sogar in mein Büro, ohne Anmeldung schneite sie herein. Sie saß in meinen Vorlesungen, fragte die Dekansekretärin nach mir aus, tauchte in der Cafeteria auf und fing mich auf dem

Parkplatz ab. Ich wollte ein Zimmer, in das ich mich zurückziehen konnte, wenigstens nachts. Ich brauchte einen Zufluchtsort, wo ich sie nicht sehen, hören oder riechen musste. Ja, riechen, Herr Birnbaum, das meine ich durchaus ernst. Ich hatte schon ihren Geruch in der Nase, wenn ich nur an sie *dachte*. Ich glaube nicht, dass ich Ihnen damals das alles klar gemacht habe. Es war eins dieser Dinge, die ich einfach nicht verbalisieren konnte."

„Was meinen Sie mit, Sie konnten Ellen nicht riechen?"

„Alles, was mit ihr zusammenhing, konnte ich nicht mehr ertragen, besonders diese Episoden im Keller. Ich hatte jetzt zwar ein Zimmer im Keller, aber jede Nacht kam sie herunter, um mit mir dies und jenes zu besprechen, die Details ihrer letzten Panikattacke, was die Ursache war, auf welche Weise sie anders ablief als die zwei Panikattacken die Woche davor. Jede Nacht war es etwas anderes, das sie mir erzählen *musste*: die Schuhe, die sie fälschlicherweise gekauft hatte, die Bemerkung, mit der die Frau an der Kasse im Supermarkt sie aus der Fassung gebracht hatte, das Grinsen, mit dem einer unserer Nachbarn sie gegrüßt hatte. Und wenn ich mich weigerte, ihr zuzuhören, sagte sie, sie würde dann die ganze Nacht grübeln müssen und liefe dann Gefahr, wieder eine Panikattacke zu bekommen, aber diesmal eine so massive, dass ich sie ins

Krankenhaus fahren müsse. Wenn ich Glück hatte, blieb sie draußen vor meiner Tür und sprach von draußen zu mir. Aber normalerweise hatte ich kein Glück. Oft klopfte sie nicht einmal an. Sie stürmte in mein Zimmer und platzierte sich auf meinem Bett. Oder sie setzte sich auf den Boden, neben dem Bett, im Schneidersitz, wie eine Indianersquaw, aber glauben Sie mir, sie sah ganz bestimmt nicht aus wie ein Indianer. *Das* ist auch etwas, das ich Ihnen nie erzählt habe. Sie trug oft eins dieser halbdurchsichtigen Babydoll Nachthemden, die Sorte, die man vorn, direkt unter den Brüsten, mit einer Schleife zusammenhält, so dass die Dame wie ein Go-go-Girl an Weihnachten aussieht. Ihr Lieblingsnachthemd hat eine knallrote Schleife, so breit wie eine Hand, und darin sieht sie aus wie ein Geschenkpaket. Wenn man an der Schleife zieht, und man weiß, *das* ist es, was sie will, hüpfen die Brüste raus wie ein Paar Springmännchen. Haben Sie das Bild vor sich?"

„Nun, ich weiß nicht, ob das Ihr Bild ist, das ich sehe. Aber egal, fahren Sie fort. Haben Sie das Geschenk ausgepackt?"

„Sie meinen, habe ich an der Schleife gezogen? Nein, natürlich nicht. Was glauben Sie denn. Ich wollte, dass sie mich in Ruhe lässt. Jede Nacht kam sie in den Keller, um mit mir zu reden. Oft ging das eine ganze Stunde lang so."

„Sie hätten ihr eine Weile zuhören können, und dann hätten Sie ihr gute Nacht wünschen können, ihr sagen, dass Sie jetzt schlafen wollen."

„Das habe ich ja versucht, aber für Ellen, die ein Babydoll Nachthemd trägt, damit ich es ihr herunterreißen kann, ist ein Nein entweder ein Grund für eine Panikattacke oder eine Einladung zu einer Diskussion über die Arbeitsdefinition meiner passiven Aggressivität, meiner Borderline Persönlichkeitsstörung oder irgendein anderes meiner vielen psychologischen Defizite."

„Warum haben Sie die Tür nicht abgeschlossen?"

„Weil die Tür kein Schloss hat."

„Sie hätten eins anbringen können."

„Soll das jetzt ein Witz sein? Das hätte doch nur zu einem riesigen Streit geführt über die Art und Weise, wie ich sie aus meinem Leben ausschließe, wie ich sie erniedrige, ihr Temperament töte oder meinen verfassungsrechtlich verankerten ehelichen Pflichten nicht nachkomme, schon lange nicht mehr. Sie kennen sie doch, Ellens berühmte Er-verweigert-mir-Geschlechtsverkehr-Anklage. Das ist auch genau die Anklage, die ich letzte Woche von ihrem Anwalt zu hören bekam. Sie steht ziemlich weit oben auf seiner Liste ehelicher Grausamkeiten, irgendwo zwischen Egoismus und Misogynie. Wenn ich ein Schloss an meiner Tür installiert hätte, wäre das ein weiterer Punkt auf ihrer Anklageliste gewesen. Erinnern Sie sich an die Liste positiver Dinge, die jeder von uns über den anderen hatte einmal schreiben sollen, zehn Dinge, die wir beim anderen gern haben? Ich habe noch das Gesicht vor mir, das Sie machten, als Sie Ellens Liste sahen. Auf ihrer Liste standen nicht zehn Punkte über mich, sondern einundzwanzig Punkte, und das waren alles durchweg *negative* Dinge. Einigen ihrer Punkte hatte sie sogar Beispiele angeheftet. Sie muss eine ganze Woche an diesem Schriftstück gearbeitet haben. Ich sage Ihnen, wenn ein Student mir so eine Arbeit vorlegen würde, würde ich ihm sagen: Thema verfehlt. Erinnern Sie sich an die Begründung, die sie gab dafür, dass sie die Hausaufgabe nicht so machte, wie Sie es wollten? Sie sagte, sie konnte nichts Positives über mich schreiben, weil sie Ihnen helfen wollte, aus mir einen besseren Mensch zu machen. Dafür bräuchten Sie *realistisches* Feedback, in meinem Fall also *negative* Kommentare. Ich weiß noch, was sie sagte: ‚Gott will, dass alle Menschen zur Erkenntnis der Wahrheit gelangen.' Das war Ihre Patientin, Dr. Birnbaum, die Ehrlichkeit in Person. Können Sie sich erinnern?"

„Ja, das kann ich." Ich kann mich sogar sehr gut erinnern. Diese Sitzung war ziemlich anstrengend gewesen, weil Ellen zu jedem ihrer Punkte ergänzende Kommentare lieferte und Bernie nicht zu

Wort kommen ließ. In der darauffolgenden Sitzung brachte sie mir noch einige Ergänzungen zu ihrer Liste. „Ich glaube, das war der Moment, als ich kurz darüber nachdachte, die Therapie zu beenden." Ich sage das jetzt nur, um Bernie zu beruhigen.

„Aber Sie haben sie nicht beendet. Warum nicht? Waren es Ellens Geschichten, diese für Ihre Analyse ergiebigen Geschichten von Unterdrückung, Aversion und Fixierung, die Sie weitermachen ließen?"

„Sie war nicht bereit, die Therapie zu beenden."

„Sie war für vieles nicht bereit. Sie konnte Ihnen nicht einmal ein einziges positives Wort über mich liefern. Und *meine* Liste positiver Dinge deutete sie als Beweis, dass ich mich schuldig fühlte und dass ich diese netten Kommentare nur abgab, um vor Ihnen gut dazustehen. Erinnern Sie sich an die Episode mit dem Tanzkurs? Ich hatte mich zu einem Tanzkurs mit ihr bereit erklärt. Das war etwas, das *sie* wollte, doch dann setzte sie es auf ihre Liste von ‚Bernd Negativen'. Sie hat sogar *zwei* Punkte daraus gemacht: Ich könne nicht so gut tanzen wie sie, und ich würde mich nicht anstrengen. Sie haben damals gar nichts dazu gesagt, Herr Birnbaum. Warum haben Sie mich nicht verteidigt, ich meine, mich mit Nachdruck verteidigt, ihr hart ins Gewissen geredet oder sie zur Abwechslung einmal angeschrien?"

„Ich habe ihr gesagt, Sie würden versuchen, im Tanzen besser zu werden."

„Ja, aber das war alles, was Sie sagten, und es hat nichts genützt. Ellen behauptete, ich hätte absichtlich einen Kurs auf Einführungsniveau ausgesucht, sodass sie keine Möglichkeit hätte, ihre Tanztalente den anderen Teilnehmern vorzuzeigen. Sie hat immer etwas gefunden, mit dem sie sagen konnte, ich würde ihr schaden wollen. Ich bin bei ihr immer als der Bösewicht dagestanden."

„Sie hat Sie als Bösewicht *gesehen*. Das bedeutet nicht, dass Sie einer waren."

„Das weiß ich, aber im Ergebnis macht das keinen Unterschied. Ich konnte sie nicht ignorieren, ich musste auf ihr Gedankenbild von mir eingehen, auf Einbildungen, zu denen *Sie* sich immer nur mit Theorien äußerten, anstatt auch mal etwas Praktisches zu sagen. Wenn ich mit Ihnen sprach, theoretisierten Sie über Dinge wie fehlerhafte Repression prägenitaler Entwicklung und Sublimierung prägenitaler Libido, während ich jeden Tag ganz ohne Theorie konkret mit Ellens Hirngespinsten kämpfen musste. Kämpfen ist der richtige Ausdruck für das, was sich zwischen uns abspielte. Nicht Verdrängung, oder Ichspaltung, oder Sublimierung oder was weiß ich, über was Sie alles Theorien anstellten. Was im Keller passierte, war kein Zeichen fehlerhafter Sublimierung prägenitaler Libido, oder wie Sie es vielleicht nennen würden. Als sie mich attackierte, hat sie nichts sublimiert, unterdrückt oder verdrängt. Ich glaube, Freud hat gesagt, Verdrängung sei die Wurzel alles Wahnsinns. Aber Ellen ist wahnsinnig auch ohne dass sie bestimmte Dinge verdrängt. Ich habe nichts von einer Verleugnung ihrer Triebe gespürt, und ob hier ein Bruch zwischen dem Ego und dem Id in ihrem Hirn vorlag, war mir egal. Sie hat sich auf mein Gesicht gesetzt, und was sie damit demonstrierte, mag vielleicht das Lustprinzip in ihrem Geist widerspiegeln, aber was ich spürte, und nur das ist, was zählt, war rein physisch. Das war Gewalt pur."

Wenn er sagt, ich hätte ihm viel Theorie über Ellens mentalem Zustand vorgelegt, dann ist das weit übertrieben. Ich habe überhaupt sehr wenig über sie geredet, wenn sie nicht anwesend war. Bernie klebt an seinen Freudschen Konzepten wie ein Gecko an der Decke. Gut möglich, dass er in seinem Büro an der Uni eine kleine Freudbibliothek eingerichtet hat. Vielleicht hat er sie später in den Keller verlegt. Er wäre nicht der erste Mann, der schon vor der Scheidung in einer Kellerwohnung endet und den Lichtschacht zuklebt, damit er sich Kafka, Freud und Hobbes im Dunkeln hingeben kann. „Was meinen Sie mit, Sie saß auf Ihrem Gesicht?"

„So wie ich es sagte. Sie setzte sich mit ihrem ganzen Körpergewicht auf mein Gesicht."

„Verzeihung, Ihr *Gesicht*?" Ich muss mich furchtbar zwingen, nicht zu lachen. Ich dachte, Sie hätten ein Problem *unter*halb der Gürtellinie, hätte ich fast gesagt. Und jetzt eins *ober*halb der Gürtellinie. Schon wieder ein Drama, mit dem er nicht klarkommt. Das erste erlebte er im Auto, jetzt gab es eins im Keller! Ich stelle mir eine Art Libido Sonata vor, mit Ellen in der Hauptrolle. Ich hätte gern mehr darüber gewusst, doch zuerst sollte ich vielleicht unser Gespräch über seine Missetat im Auto zum Abschluss bringen. „Klingt interessant, aber wollten Sie nicht über die Sache im Auto reden, eine für Sie offenbar sehr wichtige Angelegenheit?"

„Ja, das auch", erwidert er. „Aber sehen Sie, alles hängt doch zusammen. Hat das Ihr Doktor Freud nicht auch gesagt, das und dass *alles* in der frühen Kindheit anfängt, in den Familienbanden mit Mutti und Vati, wo der Grundstein gelegt wird für alles, was danach kommt? Aber das wissen Sie ja. Ich wollte Ihnen nur sagen, dass sie in dieser einen Nacht im Keller ausgesprochen feindselig war, noch mehr als sonst. Diese Attacke war nicht bloß einer ihrer neurotischen Anfälle. Ich sage Ihnen, das war schiere Gewalt, und das war anders als auf der Fahrt ins Krankenhaus, wo sie hauptsächlich mit sich selbst beschäftigt war. In dieser Nacht ging es um *mich*. Sie hat mich körperlich angegriffen. Mit ihrem ganzen Gewicht hat sie sich auf mein Gesicht geworfen und mich erdrückt. Sie hat mich ersticken wollen und mir ..."

„Verzeihung, sie wollte Sie *ersticken*?" Warum nicht *strangulieren*, mit der Schleife ihres Nachthemds zum Beispiel. Ich weiß, es wäre unschön, ihn das zu fragen, aber vielleicht lässt er sich mit Komik etwas aufheitern. Tragödien sind nicht viel wert, wenn nicht ein bisschen Komödie dabei ist. Ellen ist zu vielem fähig, aber die Vorstellung, dass sie für Bernies Erstickungstod verantwortlich sein könnte, geht mir doch zu weit. Du darfst sie dir nicht als Dampfwalze vorstellen, Esther. Sie ist kein Fliegengewicht, aber sie ist auch keine Kugelstoßathletin.

„Ja, sie hätte mich ersticken können, das sage ich doch. Mit ihrem ganzen Körper saß sie auf meinem Gesicht. Sie haben mir einmal gesagt, dass Ellen nach einem Ausgleich in ihrem Leben sucht und dass Sie nicht vorhersagen können, wo und wann sie diese Balance finden wird. Warum also sollte das Anbringen eines Schlosses an meiner Tür eine Lösung für *mein* Problem sein? Im Gegenteil, am nächsten Tag würde sie zu ihrem Anwalt rennen, danach zur Polizei, und bevor der Tag vorbei ist, würde sie in Ihrer Praxis auftauchen, um Ihnen ein weiteres Beweisstück meiner Persönlichkeitsstörung vorzulegen. Der Polizei würde sie von meiner Selbstbezogenheit erzählen, und von meiner passiven Aggressivität, die schon lange nicht mehr Borderline ist. Und ihrem Anwalt sagt sie bestimmt nicht, ich sei nur etwas verunsichert, wenn ich ihr

Zutritt zu meinem Zimmer verwehre. Wie würden *Sie* es denn bezeichnen, wenn Ihre Frau sich auf Ihr Gesicht wirft? Als ein Beispiel ihrer primitiven Id Impulse? Und wie würden Sie es nennen, wenn sie Obszönitäten von sich gibt, während sie auf Ihrem Gesicht hin und her rutscht? Pendelverkehr zwischen Geist und Materie, unschlüssige Zielverschiebung oder Verletzung einfacher Benimmregeln? Tut mir leid, wenn ich jetzt richtig wütend werde, aber jedes Mal, wenn ich Sie in der Vergangenheit fragte, was ich tun kann, wenn Ellen wieder mal durchdreht, sagten Sie nur, ich soll ruhig bleiben und sie unterstützen. Wie denn, bitte schön? Haben Sie jemals Nein zu ihr gesagt, eine Sitzung abgebrochen oder sie aus Ihrer Praxis geworfen? Haben Sie jemals gesagt, Sie würden die Therapie beenden, wenn sie nicht einmal eine simple Hausaufgabe erledigen kann, wie zum Beispiel zehn nette Dinge über ihren Mann aufzählen, der alles für sie tut?"

Das hat er schon früher immer zu mir gesagt, er tue alles für Ellen. „Was hat sie denn, ich tue doch alles für sie? Warum ist sie bloß so negativ, wo ich doch so nett zu ihr bin?" Bernie hält sich für einen fürsorglichen, um die Gesundheit seiner Frau besorgten Ehemann. Jedes Mal, wenn ich mit ihm sprach, erzählte er mir von einer seiner neuesten Heldentaten für Ellen, von einer Fahrt im Schneegestöber durch halb Neuengland auf der Suche nach einem Spezialisten für sie, davon, dass er wieder einmal eine Vorlesung kurzfristig verlegte oder sich krank meldete, nur um sie zu einem Arzt ihrer Wahl fahren zu können. Bernie ließ mich wissen, wie bewundernswert er sei, weil er mit dem Ansehen eines Professors für sie einen gemütlichen Sitzplatz am Fenster in einem Restaurant ohne Vorbestellung ergattert, oder wie ungemein kreativ er sei, wenn er für seine Nachbarn immer wieder neue plausible Ausreden für gewisse Versäumnisse seiner leider wieder mal verhinderten Ehefrau erfindet. Er hatte viele Beispiele seiner Fürsorglichkeit auf Lager, und seine Stimme hatte dabei immer etwas wahrhaft Engelhaftes.

„Eine Langzeittherapie bricht man nicht abrupt ab", sage ich zu ihm. „Zur Beendigung einer Therapie gibt es keine festen Regeln, aber normalerweise erfordert sogar ein Abbruch eine gewisse Vorbereitung." Ich kenne Ellen jetzt seit sechs Jahren und ich habe sie mehr oder weniger ohne Unterbrechung behandelt. Über dreihundert Sitzungen hat sie bei mir gehabt, und wenn ich mir Bernie jetzt so anhöre, kann ich mir gut vorstellen, dass es noch weitere dreihundert sein werden. Gut möglich, dass noch andere interessante Dinge bei ihr zum Vorschein kommen. Ich überlege mir, ob ich nicht doch eine Fallstudie aus ihrem bewegten Leben mit Bernie machen sollte. Du organisierst doch eine Sitzung für unseren nächsten Kongress in Minneapolis, hast du gesagt. Ich hätte da vielleicht ein Papier für dich. Bis wann müsste ich es denn einreichen?

„In meinem analytischen Ansatz gibt es kein absolutes Nein, Herr Köhnlechner. Es gibt auch kein klares Ja, genauso wenig wie es in Ihrer Wissenschaft eine endgültige Wahrheit gibt, wenn ich Ihre Hinweise auf Popper richtig verstehe. Die Analyse sagt uns nicht, wie wir uns letztendlich verhalten sollen. Sie bietet uns nur die größtmögliche Freiheit, Entscheidungen zu treffen, die wir wollen oder nicht wollen. Ich will jetzt aber nicht so sehr theoretisch argumentieren, sondern mehr das Praktische ansprechen. Das wollen Sie doch, oder? Hätten Sie denn gar keine Möglichkeit gefunden, Ellen aus Ihrem Zimmer fernzuhalten?"

„Sie meinen, einen schweren Schrank vor die Tür stellen oder Stolperdraht über die Schwelle spannen? Theoretisch hätte ich das tun können, ja, aber praktisch hätte das zu einer Katastrophe geführt. Sie aus meinem Zimmer ausschließen hätte überhaupt keinen Unterschied gemacht, außer sie zu weiteren Schandtaten anzustacheln."

„Dann hätten Sie doch eigentlich in ihrem gemeinsamen Schlafzimmer bleiben können."

„Nein, das hätte ich *nicht*!", schreit er mich an. „Ausgeschlossen! Ich habe Ihnen doch schon gesagt, dass sie mich wochenlang auf Schritt und Tritt verfolgte. Ich *musste* aus ihrem Blickfeld verschwinden. Aber zu dem Zeitpunkt, als ich in den Keller zog, konnte ich mir die verdrehte Psychologie in ihrem Kopf nicht vorstellen, die sie zu dieser Attacke auf mich gebracht hat. Sie haben das auch nicht vorhergesehen, Herr Birnbaum, auch nicht nach einem halben Jahrzehnt Analyse. Und *hätten* Sie es gewusst, hätten Sie mich dann gewarnt?"

Ich hoffe, ich schmunzele nicht, als ich sage: „Sie meinen, vorhersagen, dass sie sich einmal auf Ihr Gesicht setzen wird? Solche Dinge kann man beim besten Willen nicht vorhersehen, genauso wenig wie Sie einen Wahlausgang vorhersagen können. Vielleicht wollte sie Ihnen mit ihrem Nachthemd nur gefallen? Ist es nicht normal, dass Frauen einem Mann gefallen wollen?"

„Da gibt es bessere Möglichkeiten, einem Mann zu gefallen. Sie müssen verstehen, sie saß nicht auf meinem Gesicht, als wäre sie ein kuschelig warmer Teddybär. Sie erdrückte mich mit ihrem ganzen Gewicht, presste ihre spitzen Knie in meine Lungen und blies mir ihren fauligen Tamari-Atem in die Nase. Und das war nicht alles. Was sie *dann* tat, war alles andere als ... das war ... Ich glaube wirklich nicht, dass Sie das jetzt hören wollen."

„Wenn Sie es mir sagen wollen, werde ich gut zuhören. Und ich werde keine Notizen darüber machen."

Natürlich werde ich mir alles notieren, in meinem Kopf. Vielleicht wird mir das, was er mir nun erzählt, in einer meiner nächsten Sitzungen mit Ellen von Nutzen sein. Außerdem bin ich wahnsinnig neugierig. Du willst jetzt bestimmt wissen, warum. Therapeutische Gründe, ja, das natürlich auch, aber ich habe mich ein bisschen in Ellen verliebt, *deshalb*. Na ja, schon etwas mehr als ein bisschen. Ich weiß, du brauchst nichts zu sagen. Ich werde die Sache unter Kontrolle kriegen. Aber ich will mir noch etwas Zeit lassen, ich will die Dinge sich entwickeln lassen und nicht vorzeitig urteilen. Ich muss wissen, was alles in ihr steckt. Nur so kann ich ihr nachhaltig helfen, ohne dabei in einer Gegenübertragung zu enden, in der alles zusammenbricht.

Warum schaust du mich so an? Ich bin doch nicht der einzige Analytiker, der Gefühle für seine Patientin hegt. Jeder Analytiker hat seine speziellen Probleme mit dem Patienten: Langeweile, Missbilligung, Antipathie. Bei mir ist es die Faszination, aber bei Ellen sehe ich das nicht als Problem. Sie hat mich von Beginn an fasziniert, von Langeweile keine Spur. Ich habe bei ihr immer wieder etwas Neues dazugelernt. Schon der Gedanke, dass sie mir in der nächsten Sitzung eine neue Selbstdiagnose vorlegen könnte, fasziniert mich. Was ist schlimmer, seine Patientin zu verachten, zu bemitleiden oder sie faszinierend zu finden? Nun, *sie* fasziniert mich.

Schon die Art, wie sie sich kleidet und sich vor mir aufführt, fesselt mich ungemein. Hast du nicht auch manchmal Patienten, die dich auf eine besondere Art mitreißen? Die meisten meiner Patienten jammern, wenn sie auf meiner Couch liegen, aber Ellen kann auch lachen. Sie hat sogar schon einmal gesungen. Wenn sie flach auf der Couch liegt, sitzt sie auf dem hohen Ross. Das musst du mal hinkriegen! Die Art ihrer Selbstinszenierung ist beeindruckend, als ob sie mich auf ihr Spielfeld zerren will. Dem kann ich mich doch nicht verschließen, Esther. Ich will, dass sie sich mit mir teilt. Ich will eine authentische Beziehung. Ihre Energie, ihr Sich-in-Pose-setzen, ihr exotischer Charme, das ist alles ein wichtiger Bestandteil des analytischen Materials, mit dem ich sie behandle. Wenn wir Fortschritte machen wollen, *muss* ich ihr entgegenkommen.

Und jetzt hat Bernie mir auch noch das Bild von ihr in einem Babydoll Nachthemd in den Kopf gesetzt. Ich weiß, das klingt lächerlich, aber es ist gut möglich, dass ich heute Nacht von ihr träume, wie sie auf meiner Couch liegt, in diesem Nachthemd mit der roten Schleife. Ich kann ihre verführerischen Reize nicht ignorieren, Esther, und ich denke, das sollte ich auch nicht, wenn ich Ehrlichkeit in der Therapeut-Patient-Beziehung haben will. Versteh mich nicht falsch, sie kann ungeheuer anregend sein, wenn man sie in der freien Assoziation reden lässt. Glaubst du vielleicht, es macht mir Spaß, jede Woche von einem Patienten immer wieder die gleiche Geschichte anhören zu müssen? Nur zuhören, ohne jedweden Erkenntnisgewinn für den Patienten, und für mich nichts als Langeweile. Bei Ellen ist das ganz anders; ich mag ihren nervösen Eifer.

Ich denke schon lange darüber nach, wie es wohl wäre, wenn ich mit ihr mal ausgehen würde, ganz ungezwungen, ein Spaziergang um den Fernwood Pond zum Beispiel, oder ein Treffen im Café Nero. Ein sehr nettes Café übrigens. Wenn du mal raus aus Boston willst, ich lade dich ein. Also, ich denke, ein Spaziergang mit einer Patientin muss doch erlaubt sein, oder nicht? Ich kenne einen Richter, der sich mit einer Rechtsanwältin in einem Rechtsstreit, dem er vorsitzt, im Restaurant trifft. Und du kennst bestimmt Professoren, die sich mit einer hübschen Studentin in einem Café sehen lassen. Ich finde, es wäre doch nett, mit ihr zur Abwechslung einmal über Alltägliches zu reden, und zwar außerhalb meiner Praxis, in einem Raum, in dem das Leben stattfindet. Ich bin mir sicher, Sie will das auch. Eine Art natürliches Experiment mit offenem Ausgang, eine Methode, die ich jederzeit abgebrechen kann, wenn sie nichts bringt. Offenheit wagen, sich gehen lassen, der Wahrheit ins Auge sehen, Selbstoffenbarung auf *beiden* Seiten. Es gibt genug berühmte Analytiker, die mit neuen Methoden experimentierten, weil sie vollkommene Ehrlichkeit erreichen wollten. Ich weiß zum Beispiel von Therapeuten, die einmal die Woche mit ihrem Patienten den Platz tauschten, um eine authentische Beziehung mit ihm oder ihr aufzubauen. Verstehst du, was ich meine? Jetzt schau mich doch nicht so an, Frau Doktor.

„Versuchen Sie sich zu entspannen", sage ich zu Bernie. „Ich höre zu."

„Wie stellen Sie sich das vor? Wie soll ich in einer Sache, die mich so berührt, ruhig bleiben? Ellen war nicht das, was man eine ... Ich meine, das war Ihre Patientin, die mir diesen, wie soll ich sagen ... Nein, dafür gibt es keine legitimen Worte."

„Bitte, Herr Köhnlechner, seien Sie beruhigt. Ich kann Ihnen versichern, mir ist es egal, ob in meiner Praxis Worte legitim oder illegitim sind. Mir geht es nur darum, dass Sie offen mit sich selbst sind. Dies hier ist keine Anhörung vor dem Richter."

„Das ist mir klar, aber für das, was ich sagen will, gibt es keine passenden Worte. Ich weiß nicht, ob Sie das verstehen können, aber ich kann nicht so einfach wiederholen, was Ellen sagte. In den fünfziger Jahren wäre ich angezeigt worden, wenn Ihre Sekretärin da draußen mich beim Aussprechen dieser Worte überhört hätte."

„Wir sind jetzt aber in den *achtziger* Jahren."

„Das hilft mir auch nicht."

„Wollen Sie es mit Metaphern probieren?"

„Metaphern? Wie soll *das* helfen? Eine Metapher ist nur ein Drumherum." Er überlegt kurz. „Aber okay, wenn Sie glauben es hilft. Hier habe ich eine Metapher für Sie. Stellen Sie sich vor, Sie liegen auf Ihrer Couch da drüben, Sie machen ein Nickerchen zwischen zwei Terminen mit Patienten. Sie interessieren sich für Mythologie und Sie träumen gerade von Jupiter, der seine Geliebte Io in eine anmutige Kuh verwandelte, um sie vor dem Tod zu retten, als Sie aus dem Schlaf gerissen werden, weil Sie keine Luft bekommen. Sie sehen zuerst nichts und Sie können sich auch nicht bewegen. Und dann merken Sie, dass eine Kuh auf Ihnen sitzt. Aber es ist nicht Jupiters geliebte Kuh, von der Sie geträumt haben. Sie geraten in Panik, Sie können diese Kuh nicht abwerfen, sie ist gnadenlos schwer. Sie haben das Gefühl, Ihr Brustkorb kracht zusammen, ein praller Euter hängt über Ihrem Gesicht und das Vieh stinkt abscheulich. Dann reißt sie die Bettdecke von Ihnen herunter. Völlig nackt liegen Sie jetzt da. Und dann sagt sie, das heißt, die Kuh mit dem Namen Ellen sagt, dass sie Ihnen ... Sie will Sie jetzt ... Nein, tut mir leid, ich kann das nicht sagen."

„Warum nicht?"

„Ich kann so nicht reden. Das ist nicht meine Sprache."

„Wollen Sie es vielleicht mit *Ellens* Sprache versuchen?"

„So wie Ellen sich ausdrückte, würde ich das nicht als *Sprache* bezeichnen."

Mein Gott, er stellt sich an wie ein Nichtschwimmer am Beckenrand. Was macht er bloß, wenn er in einer Vorlesung von zwei Studenten gleichzeitig herausgefordert wird? Licht aus, alle Studenten nach Hause schicken und dann aufs Klo rennen? „Okay, dann eben nicht Sprache. Wie wär's mit Sprach*fetzen*, oder Floskeln, Sprichwörtern, Aphorismen, Vergleichen oder was immer sie benützte. Wenn Sie sagen, Sie nehmen Ellens Worte, werde ich das nicht anzweifeln."

„Ja, aber so einfach ist das nicht. Ich kann das nicht. Das waren auch keine Floskeln oder Aphorismen. Mir kommt alles wieder hoch, wenn ich daran danke. Mir wird gleich schlecht."

Bernie sieht jetzt tatsächlich nicht gut aus. „Soll ich Sarah bitten, Ihnen eine Tasse Tee zu bringen, oder heiße Schokolade? Oder wollen Sie vielleicht lieber Saft?" Sein gequälter Blick auf die Karaffe Wasser vor uns auf dem Tisch könnte bedeuten, dass er in dieser Sache mit einem tiefen Schuldgefühl kämpft.

„Nein, danke. Ich muss das alleine schaffen. Ich will nur nicht, dass Sie schlecht von mir denken, wenn ich so rede."

„Das tue ich nicht, Herr Köhnlechner. Ich fälle keine Werturteile."

„Aber *ich* fälle Werturteile." Er sieht mich fragend an, aber ich reagiere nicht. Er ist alt genug zu entscheiden, ob er den Mund aufmachen will. „Okay, wenn Sie es so wollen, ich werde es versuchen. Sie sagten, Sie werden es für sich behalten. Auch Ihrer Frau werden Sie nichts sagen." Hier hält er wieder inne und kratzt sich den Handrücken, dann fährt er fort. „Also was Ellen sagte, war, dass sie ... sie sagte, sie wolle mich ... Soll ich's wirklich sagen?" Wieder eine Pause; er blickt zum Fenster. Muss ich befürchten, dass er aus dem Fenster springt? Die Verzweiflung steht ihm im Gesicht geschrieben. Ich bemühe mich, ihm einen beruhigenden Blick zuzuwerfen, lehne mich zurück und schlage die Beine übereinander. Ich sehe, wie er mit sich ringt, bis er schließlich tief Luft holt und dann ein paar Worte herauslässt, besser, heraus*haucht*. Es sind Worte, die mich jetzt etwas doch etwas enttäuschen. Sie sind harmlos, viel harmloser als das, was ich erwartet habe. Diese Worte höre ich sogar von manchen meiner weiblichen Patienten, wenn sie sich über ihr dürftiges Sexleben auskotzen. Und Esther, solche Worte findet man in der Literatur haufenweise, auch in den Romanen international preisgekrönter Schriftsteller, schon vor zwanzig Jahren: Miller, Updike, Roth. Updikes „Ehepaare" zum Beispiel wälzen sich auf den Laken des Nachbarn und blühen mit Worten auf, die mittlerweile auch in unseren bürgerlichen Vororten hier zum Grundvokabular gehören. Trotzdem spüre ich Erregung, weil ich mir vorstelle, dass nicht Bernie, sondern Ellen diese Worte spricht: „Sie sagte, sie will gefickt werden. Ich soll sie ficken, sagte sie, so wie eine Frau gefickt werden will. Ich soll sie hart nehmen und dann ... Verzeihung, ich weiß, das klingt ordinär, aber das waren *ihre* Worte, nicht meine."

„Ist das alles?", rutscht es aus mir heraus. Dumm von mir, aber etwas anderes fällt mir im Moment nicht ein, um ihn zu beruhigen und gleichzeitig mehr aus ihm herauszulocken. Ich muss jetzt meine Worte mit Bedacht wählen.

„Wollen Sie noch mehr hören?"

„Nur wenn Sie es mir sagen wollen." Ich sehe Bernies schambeladenen Gesichtsausdruck und kann ihn mir jetzt wirklich nicht als einen Mann vorstellen, der jeden Tag in einem vollbesetzten Hörsaal steht, dreißigjährige oder noch ältere Doktoranden betreut, auf Fachkonferenzen Vorträge hält und sich den oft aggressiven Fragen von in sich selbst verliebten Zuhörern stellt, mit mir aber nicht einmal in der Schutzzone meiner Praxis offen zu reden wagt. Soll ich anbieten, für ihn meine Bürotür abzuschließen oder das Licht auszumachen und eine Duftkerze anzuzünden? Soll ich fragen, ob er will, dass ich Sarah heute schon früher heimschicke, falls er glaubt, sie lauscht an der Tür. Er hat mich jetzt noch neugieriger gemacht. Ja, Esther, ich weiß, ich darf mich in einer Therapiesitzung nicht von meiner Neugier beeinflussen lassen, aber das hier ist keine therapeutische Veranstaltung. Er kam zu mir, um meine Ansicht in einer für ihn sehr unangenehmen Angelegenheit zu hören, nicht um behandelt zu werden.

„Okay", sagt er nach einer Weile, „aber ich verwende diese Worte nur, um Ihnen einen Eindruck zu geben von dem, was in dieser Nacht passierte." Natürlich, was will ich denn sonst haben, wenn nicht seinen Eindruck! „Sie saß auf meinem Gesicht. Ich sagte das schon, ich weiß, aber ich habe noch nicht gesagt, dass sie nackt war. Sie hatte nur dieses kindische Nachthemd an, aber nichts darunter, kein Höschen, nichts. Und wenn Sie sich jetzt vorstellen, dass sie ..." Er verfällt in Schweigen, mindestens eine Minute lang. Er geht mit sich ins Gericht, das sehe ich in seinen Augen, dann geht es weiter, diesmal mit einem leichten Zittern in der Stimme. „Was ich sagen will, und Sie haben mich schließlich gefragt, ist, dass sie ihre, na ja, wie soll ich sagen, sie hat ihre Schamlippen in mein Gesicht gerieben." Bernie sieht mich jetzt an, als erwartete er von mir die Bestätigung, dass er kein falsches Wort gesagt hat. Ich rühre mich nicht, verziehe keine Miene und sage nichts, nicht weil ich nichts zu sagen hätte, um Gottes Willen, sondern weil ich damit beschäftigt bin, mir die Szene vorzustellen, die er beschreibt. Während ich mir ein Bild male, sagt er: „Und dann packte sie meinen, Sie wissen schon, meinen ... Muss ich das jetzt auch noch sagen?“

Ich mag diesen, Verzeihung, emotional beschränkten, Professor nicht, aber in diesem Augenblick tut er mir doch etwas leid, so wie er dasitzt, verängstigt wie ein in die Ecke gejagtes Mäuschen, und wie er über diese für ihn so schrecklich unanständigen Worte nachdenkt, die nicht seine eigenen sind, die aber über seine Lippen gekommen sind. Ich muss ihm auf die Sprünge helfen, und zwar offen und brutal, sonst wird das heute nichts mehr. „Sie meinen, sie packte Ihren Schlong“, sage ich laut und klar, und blicke ihm dabei direkt in die Augen, während genau in diesem Moment die Sonne draußen durch die Wolken bricht und Bernies Gesicht in gleißendes Licht taucht.

„Einen was?! Einen ... ach so, ja, aber *sie* hat einen viel hässlicheren Ausdruck benützt. Warum sehen Sie mich so komisch an? Ja, ich rede von Ihrer ach so ehrenwerten Patientin. Sagen Sie mir, war das jetzt Ellens ganz persönliche Version prä-ödipaler narzisstischer Wunden, die sie mit mir in diesem Moment auslebte, oder wie würden Sie das bezeichnen? Ich will jetzt nicht wiederholen, was genau sie mit meinem Penis machen wollte. Vielleicht können Sie sich das denken. Und dann dieser Gestank!

Fisch und ranzige Milch. Verstehen Sie, sie saß voll auf meinem Gesicht und rieb diesen stinkenden Schleim in mich hinein. Es war grässlich, und ich konnte mich nicht richtig wehren. Jetzt sagen Sie mir doch bitte, gibt es eine Freudsche Theorie, die das alles erklären kann? Das war ein Angriff auf mein Ich, wenn ich zur Abwechslung einmal von *meinem* Ich reden darf. Was sie mir antat, war nicht prägenital oder postgenital, oder was auch immer. Das war sexuelle Aggression der brutalsten Art, eine Attacke, von jemand begangen, die sich selbst für heiliger als der Papst hält." Hier beginnt er in seinen Hosentaschen zu wühlen, doch er findet nicht, was er sucht. Dann fährt er fort, mit noch mehr Wut in seiner Stimme. „Wollen Sie immer noch hören, was passierte? Ich meine, *alles*? Also gut, zuerst konnte ich mich überhaupt nicht wehren. Sie müssen verstehen, ich war eben noch im Tiefschlaf gewesen. Es war zwei oder drei Uhr morgens, ich war völlig verwirrt. Und als sie dann von meinem Gesicht auf meine Brust hinunterrutschte, öffnete sie ihr Nachthemd und ließ ihre Brüste herausspringen. Sie wollte, ich meine, sie *forderte*, dass ich sie ansehe. Sie nannte sie Twinky Titties, Snuggle Pups und Lollipops. Großer Gott, das sind Worte, wie man sie im Kindergarten hört, wenn die Mädchen mit ihren Puppen reden. Hat Ellen jemals mit Ihnen so geredet, als Sie Ihre Tiefenanalyse mit ihrem Id anstellten, oder sind Sie nicht tief genug in ihr Hirn eingedrungen? Oder hat sie andere Worte verwendet, wenn Sie in ihren Spaltungsprozess eintauchten, oder wie immer Sie es nennen, wenn der Mensch irgendwo außerhalb der Realität umherirrt? Und bitte sagen Sie nicht, das sei ein Freudscher Traum gewesen, den ich da durchlebte. Das war so real wie Ihr Freud Portrait da drüben. Sie hielt mir ihre Twinky Titties ins Gesicht. Das war kein Traum, Herr Birnbaum. Ich weiß, was ich sehe. Und sie saß auch nicht bloß da und wartete geduldig, bis ich etwas tun würde. Sie stellte Forderungen, die ich erfüllen müsse, hier und jetzt, sonst würde es *ihr* schlecht gehen. Sie kennen ihr Genie für theatralische Effekte nicht. Sie walkte und knetete ihre Brüste, und zog an ihren Brustwarzen und wollte, dass ich ihr sage, wie lieblich sie seien, wie sehr ich ihre netten Lollipops bewundere. Ich solle endlich zupacken und mit ihr Sachen anstellen, wobei sie sich sehr präzise ausdrückte, was genau sie damit meinte.

Dr. Birnbaum, das ist Ihre Patientin, die nie gelernt hat, anständig zu sublimieren. Ich hatte nie den Mut, Ihnen das zu sagen. Ich weiß, das war nicht sehr klug von mir, und dafür haben Sie bestimmt auch eine Theorie. Da geht es wahrscheinlich um Verdrängung, um einen Konflikt zwischen irgendwelchen Impulsen und meiner restlichen

Persönlichkeit, der dazu führte, dass ich meine Gefühle verleugnete. Aber wer würde so etwas nicht verdrängen wollen? Und *wenn* ich Ihnen davon berichtet hätte, hätten Sie dann eingegriffen, sie zur Rede gestellt oder sie in die Wüste geschickt? Warum sagen Sie nichts? Genügt Ihnen das, oder wollen Sie hören, was sie sonst noch alles sagte?"

„*Sie* entscheiden, was Sie mir sagen wollen."

„Ja, aber wollen Sie, dass ich authentisch bin?"

„Sie können so authentisch sein, wie Sie wollen, Professor. Das ist *Ihre* Entscheidung. Möchten Sie sich vielleicht auf meine Couch legen?"

Diese Möglichkeit hätte ich ihm schon vor Jahren anbieten sollen, als er alle paar Monate zu mir kam, um sich Rat über Ellen zu holen. Schon ein paar Sitzungen auf meiner Couch hätten diesem Trottel gut getan, damit er sich mal so richtig ausheulen kann, und zwar nicht bloß über Ellen, sondern vor allem über seine Memme, der er sein Leben verdankt, wie er mir einmal voller Stolz sagte, die für ihn alles getan hat, als er klein war, die für ihn das Weißbrot in den Kakao tunkte, bis er sechs war. Sogar an Einzelheiten kann er sich heute noch erinnern, welche Sorte Weißbrot es war, wie schlank und tief das Milchglas war und wie oft sie für ihn mit dem Löffel umrührte. Ich kann mir vorstellen, wie sie mit dem Kleinen in der Küche steht, ihm zeigt, wie man Kirschen entkernt, Äpfel schält, ihn großzügig vom

Teig für die Weihnachtsplätzchen naschen lässt und ihm dabei einbläut: Wenn du einmal groß bist, pass mir bloß auf, dass du die richtige Frau heiratest! Aber du musst ja gar nicht heiraten, fügt sie schnell hinzu, du hast ja mich. Bernie ist eins dieser Muttersöhnchen, die sofort ihren Schwanz einziehen, wenn ich ihren Blick auf meine Couch lenke. So wie ich es jetzt tue, als ich mit dem Kopf in Richtung Couch deute und mein Angebot wiederhole. „Betrachten Sie die Couch einfach als Möbelstück, als ein Sofa zum Entspannen. Wenn Sie liegen und die Augen schließen, können Sie besser in sich gehen."

„Bitte, Herr Birnbaum, ich kann jetzt keine Witze gebrauchen. Ich will nicht in mich gehen. Sie sagten doch, ich soll aus mir *heraus*gehen. Sie wollen, dass ich Ihnen von etwas erzähle, was Ihre Patientin mir angetan hat, aber das ist nicht so einfach. Ich bitte Sie, das zu verstehen."

„Ich höre, was Sie sagen. Es geht hier um Sinneswahrnehmungen, doch die können oft trügerisch sein, besonders wenn man unter Stress steht, und das war bei Ihnen in dieser für Sie ungewöhnlichen Situation offenbar der Fall. Sie können mit mir ganz offen über diese Sache reden."

„Aber das tue ich doch. Ich will nur, dass Sie wissen, dass das *Ellens* Worte sind, mit der ich ihre Brutalität beschreibe. Ich kann nicht so reden wie sie, das müssen Sie mir bitte glauben." Er sieht mich mit einem qualvoll düsteren Blick an, bevor er ansetzt, das Unaussprechliche auszusprechen, mit Ellens Worten, weil er ‚authentisch' sein will. „Sie sagte, dass sie mich ... Herr Birnbaum, sie sprach nicht nur vom Ficken. Sie sagte auch, sie wolle, dass ich ihre ... ihre nasse, Sie wissen schon was." Zu seiner Beruhigung nicke ich kurz. „Und sie sagte, das heißt, *Ellen* sagte, ich soll sie hämmern, und sie auslecken und dann soll ich ... Oh, ich kann das jetzt nicht wiederholen, ich kann das einfach nicht." Ich würde ihm gern sagen, dass man sogar aus dem Unaussprechlichen lernen kann, wenn man es ausspricht, doch ich befürchte, dass er dann gar nichts mehr sagt. „Was schauen Sie mich so an, Doktor? Sie wollten es doch hören, sagten Sie. Sie packte meinen Penis und rieb ihn an ihren ... Sie meinte Schamlippen, aber sie benützte ein anderes Wort. Bitte zwingen Sie mich nicht, es zu sagen. Und als ich keine Erektion bekam, was in dieser Situation natürlich ganz ausgeschlossen war, wie Sie sich denken können, wurde sie noch wütender. Sie hat mich angeschrien, als wäre *ich* der Verbrecher. Vielleicht sollten Sie jetzt doch Notizen machen, falls sie im Nachhinein auf die Idee kommt, mich wegen Vergewaltigung anzuzeigen. Der traue ich alles zu. Sie kennen Sie doch."

Offenbar nicht ganz, weshalb ich ihm mit Spannung zuhöre, wie er seine seelische Nacktheit vor mir ausbreitet, für ihn ganz offenbar eine höchst schmerzhafte Aufgabe von Intimität. Bei einem anderen Patienten hätte ich jetzt vielleicht die Sitzung unterbrochen, aber dieses Gespräch ist sowieso bald zu Ende. Ich sehe bei Bernie die Notwendigkeit einer Langzeittherapie, um in die ältesten Schichten seines Bewusstseins vordringen zu können, aber das soll nicht meine Aufgabe sein. Wenn er sich tatsächlich einmal behandeln lassen will, soll er doch bitte schön zu einem anderen Therapeuten gehen. Vielleicht könntest *du* ihm helfen.

Mir gingen vorhin sowieso andere Dinge durch den Kopf. Während er redete, habe ich versucht, mir anhand seiner Beschreibung dieses Vorfalls Ellen vorzustellen. Nicht schlimm, schließlich hat er mich gebeten, seine bedrängte Lage mir vorzustellen. Ich habe mir von Ellen ein Bild im Kopf zusammengebaut, die entschlossene Eile, mit der sie ihr Nachthemd mit der Zielstrebigkeit einer Expertin über den Kopf zieht, die Windungen ihres Körpers, wenn sie auf seiner Brust hin und her rutscht, und die Grimassen, die sie zieht, wenn sie ihm ihre Forderungen stellt und nach seinem Putz greift. Welches Bild werde ich in meinem Kopf haben, wenn sie das nächste Mal zu mir in die Praxis kommt? Ich spüre, wie es mich erregt, sogar aus meiner eigenen Einbildungskraft Lust zu beziehen. Zum Teufel mit meiner Analytikerneutralität! Ich schaffe es einfach nicht, mich tot zu stellen, und ich will es auch gar nicht. Wenn dieser „Schmuck" auf meiner Couch liegen würde, würde ich jetzt hinter ihm außerhalb seines Blickfelds sitzen und meinen Bleistift spitzen, und später dann das, was er mir *nicht* sagt, aus Ellen herauskitzeln. Aber er sitzt mir gegenüber und schaut mich an wie ein verwirrter Jugendlicher, in der Erwartung, dass ich ihm zu einem Zuwachs an Persönlichkeit verhelfe. Doch da hat er sich getäuscht. „Ich kann nicht sagen, dass ich Ellen *kenne*", entgegne ich auf seine Frage. „Nur sie kennt sich. Aber was ich gern wissen möchte: Was haben *Sie* getan, wie haben Sie sich gewehrt? Sie sind einen Kopf größer als Ellen und bestimmt auch um einiges stärker als sie."

Er reagiert trotzig. „Heißt das jetzt vielleicht, ich hätte sie an den Haaren ziehen oder ihr das Handgelenk umdrehen sollen? Hätte ich sie fragen sollen: Wie hättest du's denn gern, Liebes? Ein Schlag auf die Nase oder ein kräftiger Tritt in den Magen? Herr Birnbaum, wenn sie schon mit der Polizei droht, nur weil ich sie nicht in mein Zimmer lasse, was glauben Sie, wird sie denen wohl sagen, wenn sie mit blauen Flecken im Gesicht auf der Polizeiwache auftaucht? Mein Dildo ist mir gestern Nacht aufs Auge gefallen, ich bin von der Liebesschaukel gefallen? Warum grinsen Sie? Bloß weil ich ihr nicht den Kopf eingeschlagen habe, heißt das nicht, dass ich keinen Schaden genommen habe. Welcher Polizist würde mir glauben, wenn ich ihm berichte, was ich Ihnen gerade erzählt habe? Eine Stunde später brechen die Bullen zu dritt in mein Kellerzimmer und legen mir Handschellen an, und noch vor Ablauf der Woche kann ich mein Büro an der Uni räumen. Meine Unikarriere wäre ruiniert, nicht nur in Massachusetts. Was glauben Sie, wie schnell sich so etwas in der akademischen Welt herumspricht? Natürlich habe ich versucht, mich zu wehren, aber nicht mit Schlägen. Ich bin Pazifist, nicht nur im Bereich der internationalen Beziehungen. Ich weiß nicht mehr, wie ich sie schließlich von mir herunterbekam, aber irgendwie gelang es mir dann doch. Aber das war noch nicht das Ende. Jetzt sollten Sie diese selbstdramatisierende Theaterkönigin sehen, wie sie so richtig zur Blüte kam. Vor einer Minute noch war sie die rasende Lust in Person, und jetzt sitzt sie zusammengekauert in der Ecke, ihren Kopf zwischen den Händen haltend, heulend und mir vorjammernd, wie ich sie erniedrigte, entwürdigte und was weiß ich, was ich ihr alles in meiner abscheulichen Art angetan habe. Doktor, ich habe sie nicht entwürdigt. Hören Sie, *sie* hat *mich* entwürdigt. Geschändet hat sie mich. Und bitte sagen Sie nicht, ich hätte jetzt Händchen mit ihr halten sollen. Verstehen Sie, was ich meine?"

„Ja. Sie sagten, Sie fühlten sich geschändet."

„Was heißt, ich *fühlte* mich geschändet? Ich *war* geschändet worden. Wie würden Sie es denn sonst bezeichnen, wenn einem die Selbstbestimmungsrechte weggenommen werden, wenn sie meinen Körper als Objekt benützt und mir dazu noch Scham aufnötigt, Scham über meine Ohnmacht, weil ich Angst habe, meine physische Stärke gegen eine Frau einzusetzen. Und raten Sie mal, was sie sagte, als sie mit ihrem Gezeter endlich fertig war. Sie sagte, sie wollte gar nicht Sex, sie wollte nur gehalten werden. Verstehen Sie das? Also, zuerst will sie von mir, Verzeihung, gefickt werden, wie eine *Frau*, und dann will sie von mir gehalten werden, wie eine *Ehe*frau. Was will sie nun eigentlich, dass ich sie aufspieße und ihre Snuggle Pups knete, oder dass ich meinen Arm um sie lege und Liebkosungen in ihr Ohr flüstere? Haben Sie für so etwas einen Freudschen Ausdruck? Ist das ein innerer Konflikt zwischen zwei Persönlichkeiten, oder gibt es da zwei unterschiedliche Begriffe für die gleiche Persönlichkeit? Oder vielleicht konnte sie sich einfach nicht entscheiden, ob sie eine Schlampe oder lieber ein Luder sein wollte, eine Art Freudsches Flaschendrehenspiel mit sich selbst als Zielscheibe. Oder will sie beides gleichzeitig sein und den Zwangsneurotiker spielen, der in seinen postgenitalen Träumen alles auf einmal sein will? Oder ist sie bereits auf dem Weg zum *Jenseits* des Lustprinzips?"

Fällt dir auf, wieviel Mühe Bernie sich gibt, mich wissen zu lassen, dass er sich mit Freudschen Konzepten auskennt? Dabei versteht er überhaupt nichts. Er kennt nur einige Fachbegriffe, aber er weiß nicht, was hinter ihnen steckt. Ödipal und genital scheinen seine Lieblingsworte zu sein, was so einiges über die zentrale Stellung phallischer Impulse in seinem Phantasiehirn aussagt. Es ist natürlich auch möglich, dass er sich gerade über mich lustig macht und mir seine Überlegenheit über mich und die Psychoanalyse zeigen will. Das wäre nicht neu. Er hat schon früher seine Ignoranz in Dingen der Psychoanalyse dadurch überspielt, dass er mir bei jeder Gelegenheit die Komplexitäten seiner Forschungsthemen unter die Nase rieb und mit Fachbegriffe aus seinem Arbeitsgebiet daherkam. Wenn ich zum Beispiel von reaktiven Ichveränderungen oder der Verdrängung infantiler Wunschregungen redete, übersetzte er dies in die Sprache seiner bevorzugten Version der Transaktionskostentheorie und erklärte mir ausführlich, was diese Vorgänge mit Bezug auf Opportunitätskosten und Informationsasymmetrien bedeuten.

Als ich ihn einmal fragte, wie er sich als Arzt im M.A.S.H. Team gern sehen würde, beziehungsweise wer von diesen Ärzten er gerne sein würde, antwortete er, ohne zu überlegen: Charles Winchester. Du kennst doch die Serie, Esther. Winchester ist der von allen gefürchtete, doch sehr kompetente und verlässliche Arzt, der immer dann einspringt, wenn die Kollegen sich aus Angst vor medizinischen Komplikationen in einer Situation, in der es an Medikamenten und Gerätschaften fehlt, zurückziehen. Mit seiner Antwort ließ er mich wissen, dass er sich mit viel höheren Dingen befasst, als mit dem, was ich in der Psychoanalyse anstelle, wenn ich mit Patienten über angeblich Banales, wie zum Beispiel die Qualität ihrer Beziehungsmuster, rede, oder wenn ich mich, seiner Ansicht nach, in Spekulationen verirre. Wenn er in meiner Praxis saß, hatte dieser hochintellektualisierte Vollidiot gewöhnlich eines seiner Fachbücher auf seinem Schoß liegen, ein Buch, mit dem er sich im Wartezimmer beschäftigt hatte, weil das Lesematerial, das dort ausliegt, für ihn zu trivial ist. Oft war das Buch, das er mitbrachte, eins von Georg Simmels Werken, zum Thema Individualität und soziale Formen zum Beispiel. Er wollte mir zeigen, was die soziologische Theorie über das menschliche Miteinander alles hergibt, aber wenn ich an seine Ängste im *praktischen* Umgang mit Ellen denke, kann ich nur sagen, seine Ignoranz im zwischenmenschlichen Bereich ist grenzenlos. Tut mir leid, Esther, aber für mich ist dieser blauäugige Blonde ein „Schmuck".

„Und hier habe ich noch einen Höhepunkt für Sie, Dr. Birnbaum. Sie sagte, was sie wirklich wolle, sei ein Kind. Diese Nacht sei der perfekte Moment für sie, schwanger zu werden. Sie wäre unserem Kind eine gute Mutter, plärrte sie. Ich werde ihre Worte nie vergessen: ‚Ich bin noch jung und schön, und ich werde eine gute Mutter sein.' Hat sie Ihnen erzählt, wie sie das anstellen wollte? Indem sie Löcher in meine Kondome sticht! Das hat sie mir ins Gesicht gesagt, und da war überhaupt nichts Zweideutiges in dieser Androhung. Sie war weder post- noch präambivalent, sie war in keiner Weise ambivalent. Klar und deutlich hat sie sich ausgedrückt: Löcher wird sie in meine Kondome stechen. Sie hat das Wort ‚Löcher' sogar buchstabiert. Das war übrigens bei einem dieser Abendessen, von denen sie Ihnen sagte, sie wolle sie entspannt und gemütlich zusammen mit mir genießen. Entspannt! Glauben Sie, *ich* war an diesem Abend entspannt, als sie mir einen Krug Wasser ins Gesicht schüttete, mir den Teller aus der Hand riss und drohte: Mach mir ein Kind entweder freiwillig oder ich bohr Löcher in deine Kondome! Verzeihung, aber das ist keine ‚gute Mutter'. Das ist ein widerwärtiges, gehässiges kleines Luder."

„Das sind starke Worte, Professor. Was haben Sie ihr denn geantwortet, als sie Ihnen vorwarf, Sie hätten sie entwürdigt, wo sie vielleicht doch nur versuchte, schwanger zu werden, was bei vielen Frauen ein normaler Wunsch ist?"

„Sie wollen doch nicht etwa behaupten, dass physische Gewalt und obszönes Geschwätz der normale Weg zur Mutterschaft sind. Ich sagte Ihnen doch, das war ein brutaler Angriff auf meine Menschenwürde. Sie haben mich gebeten, Ihnen den Vorfall genau zu schildern und dabei authentisch zu sein. Genau das habe ich getan, und ich wiederhole es noch einmal: Das war ein sexueller Übergriff und kein Kavaliersdelikt, das war kein Flirt im Hobbykeller, und es hat mir nicht den geringsten Spaß gemacht. Verstehen Sie doch bitte, das war reine Gewalt. Ich bin von Ellen *geschändet* worden."

Ach, schon wieder diese maßlose Übertreibung, die Dramatisierung eines Ereignisses, das für viele meiner männlichen Patienten ein Leckerbissen wäre, von dem sie nur träumen können. „Nun, die Bedeutung dieses Begriffs sei mal dahingestellt. Wenn wir zum Beispiel ..."

Er fährt mir über den Mund: „Nein, die Bedeutung dieses Wortes ist klar. Wenn ich zu ihr sage, Fass mich nicht an, dann ist das unmissverständlich ausgedrückt. Ich bin nicht passiv dagelegen und habe Däumchen gedreht. Wenn ich gestöhnt und mich hin und her gewälzt habe, dann bestimmt nicht aus Lust und Begehren. Ich habe ihr keine Zustimmung erteilt, mich anzufassen, weder verbal noch schriftlich. Ich habe geschrien: Hör auf, fass mich nicht an! Ich habe in keiner Weise sexuelles, akademisches, literarisches oder sonstiges Interesse an ihr signalisiert, und wenn sie sich darüber hinwegsetzt, betrachte ich das als reinen Gewaltakt."

„Herr Professor Köhnlechner, ich bestreite nicht, dass Sie es als Gewaltakt wahrgenommen haben. Ich wollte nur sagen, dass Begriffe wie Schändung, Entwürdigung und Belästigung relativ und kontextabhängig sind. Wir können später noch einmal genauer darüber reden, wenn Sie mögen. Im Moment will ich nur wissen, was Sie ihr geantwortet haben, nachdem sie von Ihnen abgelassen hatte."

„Ich kann mich nicht mehr an meine genauen Worte erinnern, aber, und das ist der verrückte Teil der Geschichte, sie tat mir leid, so wie sie in der Ecke auf dem Boden saß, mit diesem leeren Ausdruck in den Augen, wie eine Prostituierte, die eine Nacht mit ein paar übelriechenden, betrunkenen alten Männern verbrachte hatte. Ja, sie tat mir leid, und ich fühlte mich dann auch noch schuldig für das, was ich ihr angetan hatte."

„*Was* haben Sie ihr angetan?"

„Ich habe sie zurückgewiesen. Ich weiß, das klingt absurd. Sie attackiert mich brutal, sie nimmt mir meine Selbstbestimmungsrechte weg, aber ich fühle mich schlecht für *sie*. Im Grunde das Gleiche wie das, was mir mit Betsie passierte."

„Betsie? Sie meinen, Ellens Mutter? Was ist da passiert?"

„*Das* wollen Sie bestimmt nicht wissen."

„Aber ich glaube, Sie wollen es mir erzählen."

„Diese Geschichte ist einfach lächerlich."

„Eben deshalb denke ich, dass Sie es mir erzählen wollen."

„Nein, das will ich *nicht*, aber wenn Sie es unbedingt hören wollen." Ich sehe ihn ausdruckslos an. „Also gut, es passierte das letzte Mal, als ich sie sah, kurz bevor ich aus unserem Haus auszog. Ellen war wieder mal im Krankenhaus, und ihre Mutter kam zu mir zu Besuch. Sie hatte das schon mehrmals getan, ich meine, mich besuchen, um mir für ein paar Tage im Haushalt zu helfen. Aber diesmal kam sie nicht, um die Vorhänge zu waschen, glauben Sie mir. Es war am Abend, wir saßen im Wohnzimmer und schauten ein Video an. Es war schon spät, wir hatten den ganzen Tag zusammen verbracht und dann im Chez Rochelle Abend gegessen. Sie hatte mich eingeladen und wir hatten über Ellen geredet. Sie redet gern und viel, wie Sie wissen. Bei Ihnen war sie doch auch schon ein paar Mal, soweit ich weiß. An diesem Abend ist es also geschehen."

Ich kann mich an seine Schwiegermutter gut erinnern, eine aufgeschlossene, nette Dame um die fünfzig, attraktiv, relativ modisch gekleidet, würde ich sagen. Und dann dieser kesse Blick, den sie mir schenkte, als wir uns das letzte Mal verabschiedeten. „Ist *was* geschehen?", frage ich Bernie, und werfe ihm einen Blick zu, der sagen soll: Komm zur Sache, wir nähern uns dem Ende dieser Sitzung.

„Nun, ich saß auf dem Boden, mit dem Rücken gegen die Couch gelehnt, und sie saß auf der Couch direkt hinter mir, als sie plötzlich begann, meinen Nacken zu massieren. Ich meine, sie hat meinen Nacken nicht bloß oberflächlich berührt, sondern mit ihren Fingern richtig tief geknetet - und ohne mich zuerst zu fragen. Was haben diese Weaver Frauen bloß mit ihrem Massagegetue? Sie hätten Ellen doch sagen können, sie soll einen christlichen Buchladen aufmachen oder ein Exorzismus Beratungsbüro gründen, Herrgott nochmal! Aber warum denn ausgerechnet einen Massagesalon? Es gibt doch so viele andere Möglichkeiten, beruflich aktiv zu werden. Und jetzt auch noch ihre Mutter!"

Ich will auf seine Frage nicht eingehen. „Ellen hatte ihre Gründe. Sie haben ihrer Mutter also gesagt, dass Sie keine Massage von ihr wollen."

„Nein, genau das ist es ja. Ich habe nicht gesagt, dass sie aufhören soll, zumindest nicht sofort. Zuerst dachte ich, sie will nur etwas zu tun haben, aus Langeweile vielleicht, oder sie will den Rest des Films nicht ansehen. Oder sie glaubte, eine Massage würde mir gut tun, ich bräuchte Entspannung. Aber ich *war* entspannt, Ellen war nicht im Haus. Sie war im Krankenhaus, schon seit drei oder vier Tagen. Als ich mich dann auf die Couch setzen wollte, ans andere Ende, weg von ihr, beharrte sie darauf, mir eine Massage zu geben. Sie war furchtbar hartnäckig und wollte mir einreden, dass mein ganzer Körper verkrampft sei. Sie sagte, ich solle vor ihr auf dem Boden sitzen bleiben, damit sie meinen Nacken gezielt bearbeiten könne. Dann hob sie ein Bein über mich, so dass ich zwischen ihren Beinen saß, und begann meinen Kopf und die Schultern zu massieren, und als sie dann mit den Fingern mein Rückgrat hinunterfuhr, das war dann der Moment, als ich sagte, sie soll aufhören. Ich kann mich noch gut erinnern. Ich will keine Massage, habe ich gesagt. Doch sie hörte nicht auf. Im Gegenteil, sie wollte, dass ich mich auf die Couch lege und mein Hemd ausziehe. Sie sagte nicht, ich soll ein paar Knöpfe öffnen und mein Hemd über die Schulter ziehen. Nein, sie wollte, dass ich den Hosengürtel lockere und mein Hemd ganz ausziehe. Und dann wusste ich, da braut sich was zusammen."

„Lassen Sie mich raten. Sie zogen Ihr Hemd *nicht* aus."

„Natürlich nicht! Was glauben Sie denn! Sie wollte mir näherkommen, das spürte ich."

„*Wie* haben Sie das gespürt?"

„Warum würde sie denn sonst wollen, dass ich mein Hemd ausziehe?"

„Nun, ein Grund könnte sein, Sie die Berührung einer warmen Hand fühlen zu lassen. Ich nehme an, sie trug keine Handschuhe. Mit einer Massage will man taktiles Wohlbefinden erzeugen. Eine warme Hand auf der Haut fühlt sich normalerweise gut an. Meinen Sie nicht auch?"

„Nicht diese Hand, und nicht in dieser Situation. Wir sind jetzt in Ihrem Metier, Dr. Birnbaum. Ich spreche von Lust, Begierde und Sublimierung, nicht von Vernunft und Selbstdisziplin. Und vergessen Sie nicht, das war meine Schwiegermutter, die hinter mir auf der Couch saß. Das war Ellens Mutter, die Hand an mich legen wollte. Das war keine professionelle Masseuse, die mir ihre technischen Fähigkeiten vorführen wollte. Können Sie nicht sehen, was hier abging?"

„Ich hätte gern gewusst, was *Sie* sahen."

„Ist das nicht offensichtlich? Es ging ja noch weiter. Als ich mich weigerte mich hinzulegen, wollte sie, dass *ich ihr* eine Massage gebe. Sie wartete nicht einmal auf eine Antwort, sondern rutschte sofort von der Couch herunter und setzte sich zwischen meine Beine, wobei sie meine Beine mit Gewalt auseinanderdrückte. Erinnert Sie das nicht an etwas? Ich sagte vorhin, dass Ellen mit gespreizten Beinen auf meinem Gesicht saß und mich mit ihrem ganzen Gewicht niederdrückte. Und jetzt saß ihre Mutter zwischen meinen Beinen und lehnte sich mit ihrem Körper gegen mich, sodass ich zwischen ihr und der Couch eingekeilt war und genauso feststeckte wie bei Ellen. Sie sagten vorhin, dass Sinneswahrnehmungen trügerisch sein können. Das stimmt, aber nicht in diesem Fall. Dieses Mutter-Tochter Gespann hatte mich fest in seinen Fängen. Da war überhaupt nichts Trügerisches dabei. Und jetzt gebe ich Ihnen den Rest der Geschichte. Meine Schwiegermutter öffnete ihre Bluse, zog sie halb über die Schulter herunter und forderte mich auf, ihren Nacken und ihre Schultern nach Knoten abzutasten. Später kommt der untere Rücken dran, sagte sie, ohne dass sie auf den Gedanken gekommen wäre, ich hätte etwas gegen ihre Aufforderung einzuwenden. Jetzt frage ich Sie, Herr Birnbaum: Warum sollte diese Frau, die den ganzen Tag entspannt mit Kleiderkauf, Cafébummel und einem Museumsbesuch verbracht hat, die so guter Laune war, dass sie mich beim Kleiderkauf sogar zur Anprobe dabei haben wollte und mich um ein Haar in die Kabine hineingezogen hätte, und die am Abend zusammen mit mir ein Video anschaute – *Shakespeare in Love* hieß der Film, also gewiss nichts Aufregendes –, warum sollte diese Frau Knoten in ihrem Rücken haben? Sie wissen, worauf sie hinaus war, nicht wahr?"

„Nun, ich würde sagen, sie wollte von Ihnen eine Rückenmassage bekommen. Aber von dem, was ich aus Ihrer Stimme heraushöre, verweigerten Sie ihr diesen Wunsch."

„Natürlich, wer glauben Sie denn, wer ich bin."

„Sie sind ihr Schwiegersohn, ein Mitglied ihrer Familie, seit fünfzehn Jahren. Vielleicht wollte sie von Ihnen nur ein paar sanfte Berührungen von jemandem, dem sie vertraute. Vielleicht fühlte sie sich an diesem Abend verwundbar. Vergessen Sie nicht, ihre Tochter liegt in der Psychiatrie, sie selbst ist in dem Haus, in dem ihre Tochter seit Jahren mit einer Depression kämpft, und in dieser Situation suchte sie nun das Gefühl der Verbundenheit und Kameradschaft mit jemandem, der, wie sie glaubt, ebenfalls verwundbar ist. Vielleicht war es das, was hinter ihrer Bitte um eine Massage steckte."

„Nein, ausgeschlossen. Denken Sie doch an den Kontext. Vorhin sagten Sie, der Kontext sei wichtig, und in diesem Fall ist er ausschlaggebend. Versetzen Sie sich doch mal in meine Lage. Wir waren in meinem Wohnzimmer, nicht in einem Massagesalon, es war schon spät abends, wir waren allein im Haus und wir erwarteten keinen Besuch zu dieser späten Stunde. Draußen heulte ein Schneesturm und drinnen wärmten wir uns am Feuer im Holzofen, und meine Schwiegermutter sitzt auf dem Boden zwischen meinen Beinen. Führen Sie sich doch mal dieses Bild vor Augen. Und ich darf Sie erinnern, das war nicht nur meine Schwiegermutter, das war *Ellens* Mutter, die Frau, die einmal halbnackt um den Freund ihres Mannes herumtanzte."

Er hält inne und greift nach einem der Gläser auf dem Tisch, als ob er sich Wasser einschenken wolle, stellt es dann aber wieder hin und sagt: „Glauben Sie mir, das war bestimmt kein Foxtrott, den sie für ihn tanzte. Und der Mann war ein Geistlicher, ein Mann Gottes, Himmelherrgottnochmal, ein Pfarrer! Sie kennen doch diese Geschichte, oder?"

Natürlich kenne ich sie, eine spannende Geschichte, so wie Ellen sie mir erzählte. Auch ihre Mutter hat mir davon erzählt, und sie hat dabei herzhaft gelacht. Du würdest diese Geschichte vielleicht nicht so lustig finden, aber ich denke, dass sogar Tragödien spaßige Elemente brauchen, sonst sind sie nicht zu ertragen. Ellen sagte mir, dass ihr Vater einmal die Woche – laut Betsie einmal im Monat – seinen Freund, einen Geistlichen aus seiner Kirchengemeinde, zu sich nach Hause zum Lunch einlud. Betsies Rolle war, nur mit einer leichten Schürze bekleidet, den zwei hungrigen Männern Lunch zu servieren. Nach dem Essen wechselte sie in einen feschen Playboy Bunny Aufzug und tanzte um den Tisch herum, zur besseren Verdauung sozusagen. Das war zu einer Zeit gewesen, als das Playboy Fieber noch in den Anfängen steckte, doch Ellens Eltern waren damals schon voll im Geschäft gewesen. Wenn man Betsie Glauben schenken kann, und ich bestreite nicht, was sie mir erzählte, denn von Ellen hörte ich Ähnliches, wenn auch in einer dramatischeren Form, hatte auch der Chef der episkopalischen Kirchengemeinde bei diesem Lunch einige Male teilgenommen.

Betsie waren diese Zusammenkünfte offenbar gar nicht peinlich. Sie habe Spaß dabei gehabt, sagte sie mir. Alles sei harmlos verlaufen, alle hätten sie gelacht, besonders der Pfarrer. Sie beschrieb mir ihr Bunny Kostüm in allen Einzelheiten, damit ich mir besser vorstellen könne, dass es bei ihrer Aufführung ausgesprochen vergnüglich zuging. Sie trug ein glitzerndes, rotes Korsett, das ihre schlanke Taille gut herausbrachte, rote Bunny Ohren, eine schwarze Nylon Strumpfhose, eine weiße Kragenmanschette mit schwarzer Fliege und am Hintern einen volleyballgroßen, weißen, flauschigen Schwanzknäuel. Von der Aufmerksamkeit, die ich ihr schenkte, als sie mir von ihrer Tanznummer erzählte, war sie so verzückt, dass ich das letzte Mal, als sie in meiner Praxis war und sie ihre Handtasche auf meinen Schreibtisch legte, doch tatsächlich glaubte, sie würde den Inhalt vor mir ausbreiten, um mir einige der Paraphernalien ihrer Auftritte damals zu zeigen: ein paar extraflauschige Schwanzknäuel, Bunny Ohren in verschiedenen Farben und Größen und vielleicht sogar Handschellen für Hochwürden, um ihn zu zügeln, wenn er, statt nach seiner Handbibel zu greifen, an ihre Schenkel fasste.

Für die kleine Ellen - vier oder fünf Jahre alt ist sie damals gewesen - haben diese Lunchaufführungen tiefe Eindrücke hinterlassen, wobei ich jedoch glaube, dass sie das alles jetzt in ihren Erinnerungen überdramatisiert. Entweder sind ihre Eindrücke im Nachhinein dahingehend verzerrt, dass sie eine Wunschphantasie daraus macht, oder sie denkt, sie muss dramatisieren, damit ich in der Analyse tief genug in sie gehe. Was sie Bernie von dieser Geschichte erzählt hat, weiß ich nicht, und ich will mit ihm darüber auch gar nicht reden. Ich nicke ihm kurz zu, aber nur um ihn wissen zu lassen, dass ich von Betsies Geschichte gehört habe, weiter nichts. Wenn diese Angelegenheit ihn so bewegt, soll er doch seine Schwiegermutter fragen, wenn sie ihn das nächste Mal besuchen kommt. Und ich werde Ellen bei Gelegenheit vielleicht nochmal darüber ausfragen.

„Wollen Sie wissen, was ich von dieser Geschichte halte?", fragt er mich. „Glauben Sie mir, dieser Würdenträger kam bestimmt nicht zum Lunch ins Haus, um danach mit Ellens Eltern Kirchenlieder zu üben. Da ging einiges ab in der Weaver Familie, das kann ich Ihnen sagen. Betsie hat mir ohne Hemmungen davon erzählt. Offenbar hat sie keine großen Schuldgefühle. Und vor diesem Hintergrund betrachten Sie jetzt doch bitte mal Betsies Auftritt in meinem Wohnzimmer. Bei sich zu Hause spielt sie Häschen und tanzt für ihre Männer halb nackt um den Tisch herum. In meinem Haus will sie Masseuse spielen und verlangt von mir, dass *ich* mich halb nackt ausziehe. Da stimmt doch etwas nicht, das müssen Sie doch zugeben."

„Was soll damit nicht stimmen?"

„Da stimmt vieles nicht. So wie ich es sehe, ist sie neben ihrem Mann die Person, die verantwortlich ist für alles, was in Ellens Persönlichkeitsentwicklung schiefgelaufen ist. Sie ist die Mutter der Frau, die mir drohte, mich umzubringen, mit einem Messer, einem Hochzeitsgeschenk meiner Eltern. Herrgott nochmal! Ich meine, wieviel Freudscher kann man denn noch werden?! Glauben Sie denn wirklich, ich würde diese Frau mich berühren lassen? Und jetzt kommt das Paradoxe. Als sie dann am nächsten Tag abreiste und ich mich von ihr verabschiedete, fühlte ich mich doch tatsächlich schuldig für mein distanziertes Benehmen, obwohl sie mich so aggressiv angegangen hatte."

„Aggressiv? Wie war sie aggressiv gewesen?"

„Aber das habe ich Ihnen doch gesagt. Da war diese verdammte Hartnäckigkeit, mit der sie mir zusetzte, diese fordernde Haltung, gegen die ich mich wehren musste, ihr Beharren auf etwas, das ich partout nicht tun wollte, und die Gewalt, mit der sie meine Knie spreizte, damit sie sich zwischen meine Beine setzen konnte. Verstehen Sie, was

Selbstbestimmung bedeutet? Ich will über meinen Körper bestimmen, ich will nicht meine Schwiegermutter zwischen meinen Beinen sitzen haben, auch wenn sie noch so verwundbar ist und sich von meiner Nähe Heilung verspricht. Soll sie doch zu ihrem Pfarrer gehen und sich von ihm aufpäppeln lassen, aber mich soll sie bitte schön in Ruhe lassen. Sie kann sich auch einen neuen Psychologen suchen und sich von ihm ein neues Bunny Kostüm anpassen lassen. Ihr jetziger Psychologe, bei dem sie seit Jahren in Behandlung ist – ich weiß nicht, ob Sie das wissen –, ist eine Null. Wenn Ellen sie besuchen kommt, rennt sie zu ihm, um Rat zu holen, wie sie mit Ellen umgehen soll. Sie wimmert vor Angst und kriecht auf allen vieren herum, aber bei mir spielt sie die Dominatrix. Sie hat sich mir aufgedrängt, Dr. Birnbaum. Sie hat mich nicht einmal gefragt, ob ich vielleicht so nett wäre, ihre Schultern zu massieren. Für so etwas will man doch gebeten werden, meinen Sie nicht? Sie gab mir gar keine Wahl. Da kann ich doch nicht ... Ich wollte für sie auf keinen Fall ... Schauen Sie, ich weiß nicht, wo das jetzt alles hinführt. Warum bin *ich* hier der Schuldige?"

Das frage ich mich auch. Vielleicht sollte ich ihn zu meinem Rabbi Rosenfeld schicken. Der würde sich freuen. Rosenfeld sagt immer, wie wichtig es für das Wohlbefinden des Menschen sei, sich schuldig zu fühlen. Vielleicht lässt Bernie sich von einem

Rabbiner etwas sagen. „Wer sagt, dass Sie schuldig sind?“

„Sie sagten doch, dass Betsie auf Kameraderie aus war und dass sie mir vertraute. Aber ich habe sie zurückgewiesen, und das nicht gerade sanft.“

„Sind Sie handgreiflich geworden oder haben Sie sie nur angeschrien, sie soll Sie nicht anfassen?“

„Handgreiflich? Nein, natürlich nicht. Ich glaube auch nicht, dass ich viel gesagt habe. Ich bin einfach aufgestanden und im Bad verschwunden. Ich habe sie einfach sitzen lassen, ich habe nicht einmal den Fernseher ausgeschaltet. Ich weiß, ich hätte mit ihr reden sollen, ihr erklären sollen, warum ich keine Massage wollte. Aber das war nicht so einfach, nicht mit meiner Schwiegermutter und nicht in der Lage, in der ich damals war. Für *Sie* ist es einfach, *theoretisch* über Dinge wie latente Wünsche, Übertragungsneurosen und unterdrückte Gefühle zu reden. Wenn Sie nicht weiterwissen, können Sie sich in eine Theorie zurückziehen, von der Ihre Patienten keinen blassen Schimmer haben. Es ist leicht, jemand zu fragen, wie er sich bei diesem oder jenem fühlt. Aber was machen Sie in einer Situation, in der Sie konkret werden müssen und schnelles Handeln nötig ist? Glauben Sie, Betsie fragte mich: Und wie fühlst du dich dabei? Als sie anfing, ihre Bluse aufzuknöpfen, war das einzige, was mir in den Kopf kam, dass es mit einer Massage beginnt und im Bett endet. Verzeihung, das war die Frau, die ihrem Mann und seinem Kirchenbuddy einen Leckerbissen zum Lunch bot, für den andere einen Abstecher in eine Peepshow machen müssen. Sie war die Frau, die dann auch noch ... ich meine, sie war ... Müssen wir jetzt wirklich darüber reden?"

„Nein, das müssen wir nicht, aber Sie haben das Thema angeschnitten."

„Okay, dann erklären Sie mir doch mal, warum diese Weaver Frauen an dieser Massage Idee so festhängen. Betsie wollte mir unbedingt eine Massage geben, Ellen will eine Massageklinik aufmachen und ihre Schwester hatte einmal einen Freund, der Masseur werden wollte."

„Das Absolvieren einer Massageausbildung war eine Option, die ich mit Ellen besprach, um ihr auf die Beine zu helfen. Sie sollte etwas anderes tun als Bücher über Krankheiten sammeln. Sie sollte lernen, sich auf etwas anderes zu besinnen als nur auf ihre Krankheit."

„Wie zum Beispiel die Schauspielerei?"

„Ja, bei den *Aiken Players* mitmachen war ebenfalls eine der Optionen, über die wir sprachen."

„Wahrscheinlich hat sie Ihnen gesagt, dass ihre schauspielerischen Talente viel zu fortgeschritten sind, als dass sie sich mit einer Amateurtruppe wie den *Aiken Players* abgeben würde. In der Boston Theater Szene sei sie besser aufgehoben, hat sie

Ihnen gesagt, richtig? Wissen Sie, wie sie die *Aiken Players* nannte? Einen Kindergartenverein, einen Witzclub, und die Stücke, die sie spielten, nannte sie Kasperletheater. Wenn Schauspieler sich so abwertend gegenüber Kollegen äußern, ist das eine Kampfansage. Sie behauptet auch, sie könne wunderbar singen, das halbe Wagner Repertoire habe sie drauf, Sturm und Drang in den höchsten Tönen. Die *Aiken Players* hätten kein Gehör für so etwas Feines, hat sie immer gesagt. Auch deshalb würde sie bei der Aiken Truppe nie mitmachen. Warum schauen Sie mich so skeptisch an, Doktor? Glauben Sie mir etwa nicht?"

Ich kann mich erinnern, dass Ellen sagte, sie sei sich für diese Theatertruppe zu schade, sie würde ihre Talente nicht mit Laienschauspielern vergeuden wollen. Dass sie schauspielerisches Talent hat, nehme ich ihr sogar ab. Wenn ich da an meine Frau denke, oh Gott! Du kennst sie nicht. Lisa ist alles andere als eine Schauspielerin, sie hat überhaupt kein Talent, mir irgendetwas vorzuspielen. Wenn sie langweilig sein will, ist sie langweilig, da braucht sie sich nicht zu verstellen. Sie ist farblos und unbeweglich, und so furchtbar, wie soll ich sagen, aufgehoben, im Zustand gemütlicher Vertrautheit mit allem, was ihr lieb und heilig ist. Bei ihr gibt es weder Höhepunkte noch Tiefpunkte. Ich kann's nicht ausstehen, wenn sie jeden zweiten Tag abends extra früh ins Bett geht, um sich nicht mir, sondern ihren Gartenbauratgebern zu widmen. Ich habe mich auch schon dabei ertappt, dass mir Ellen im Kopf herumschwirrt, wenn Lisa steif wie ein Bügelbrett unter mir liegt. Ist das so schlimm, Esther, ich meine die Tatsache, dass ich an Ellen denke, wenn ich mit meiner Frau im Bett liege und nichts passiert? Ellens Kratzbürstigkeit und Überheblichkeitsgehabe mag für ihren Mann und ihre Bekannten nicht sehr angenehm sein, aber ein narzisstisches Melodrama hat doch auch was Gutes für den Mann, bei dem sie eine Analyse macht. Und wenn ich dir sage, dass ich in manchmal Schweißausbrüche habe, wenn ich in meinem Terminkalender sehe, dass Ellen meine nächste Patientin ist?

Gegenübertragung, na und! Wer von uns Analytikern schwelgt nicht ab und zu in erotischen Phantasien, wenn eine attraktive Patientin auf seiner Couch liegt und ihm schöne Augen macht. Freud hat einmal gesagt, wenn es zu einer Gegenübertragung kommt, soll der Analytiker die Patientin davon überzeugen, dass nicht er es ist, in den sie verliebt ist. Falsch, Herr Doktor Freud! Wenn nicht der Analytiker, wer soll es denn sonst sein? Außer ihm ist ja niemand im Zimmer. Und Ellen ist nicht das Problem. Es ist meine Frau, die mich so zermürbt. Schon deshalb bin ich für Ellen empfänglich. Diese Ödnis im Bett. Eine Schildkröte hat mehr Schwung als Lisa. Kein Hauch von Lust, kein Kampfgeist, nichts von wegen erotische Aufgeschlossenheit. Es ist ihr völlig egal, ob ich sie berühre, außer ich berühre sie an der falschen Stelle. Wenn wir abends nach den Nachrichten ins Bett steigen, sagt sie: Sei vernünftig, Kurt, du brauchst deinen Schlaf, deine Patienten brauchen deinen wachen Geist. Und dann schnappt sie sich ihr Gartenbaubuch. Stell dir vor, du würdest das mit deinem Mann so machen. Würde es dich überraschen, wenn er mit der Zeit in andere Gefilde entschwebt, wo er alles geschehen lassen kann, was bei dir nicht erlaubt ist? Und würdest du nicht hoffen, dass diese Gefilde sich nur in seinem Kopf befinden?

Lisas Sinn für Ordnung und emotionale Ausgeglichenheit, und ihre sperrige Wohlanständigkeit im Bett, das hängt mir alles zum Hals heraus. Ich bin doch nicht aus Holz. Wenn sie nur ein klein wenig von Ellens schauspielerischem Talent hätte, von ihrer Überzeugungskraft und Spontaneität, und von ihrer Theatralik, mit der sie sich in Szene setzt, wenn es um etwas geht, bei dem sie sich überlegen oder angegriffen fühlt. Du solltest mal dabei sein, wenn Ellen über ihren Methodistenpfarrer herzieht, wenn er wieder mal einen Absatz in der Bibel falsch zitiert hat. Das ist große Schauspielkunst, spannend und oft unterhaltsam. Lisa muss ja nicht unbedingt alles von Ellens Talenten besitzen. Schon ein klein wenig Schöpfergeist würde mir helfen, mit ihr im Bett über die Runden zu kommen. Und ich bin ganz offen mit dir, wenn ich sage, ich hätte nichts gegen das, was Bernie bei Ellen als Sturm und Drang bezeichnet.

„Verzeihung, wenn ich auf Sie skeptisch wirke. Ich habe nur über etwas nachgedacht. Sie sagten Sturm und Drang. Vielleicht gehörten Ellens Besuche bei Ihnen nachts im Keller zu ihrer Sturm und Drang Epoche, zu einer speziellen Mischung aus Romantizismus und Idealismus, wenn ich das so sagen darf, eine Phase in ihrer Beziehung zu Ihnen, die sich mit der Zeit vielleicht von selbst in Luft aufgelöst hätte. Wäre das nicht denkbar?"

Bernie reagiert erzürnt. „Nein, das wäre *nicht* denkbar. Und auch wenn das nur eine Phase war, es war eine Phase brutaler Gewalt. Das habe ich Ihnen doch gesagt. Glauben Sie mir etwa nicht? Muss ich das Ganze jetzt wiederholen? Warum sollte ich Ihnen etwas vormachen?"

„Ich sage nicht, dass Sie mir etwas vormachen. Aber Sie müssen verstehen, in meiner Arbeit geht es viel um Phantasien. Die Menschen projizieren ihre Einbildung in alle Richtungen und auf allen Ebenen. Oft ist es schwierig, die Wahrheit herauszufinden, und der Patient weiß oft lange Zeit selbst nicht, was Realität, und was Fiktion ist, ähnlich den Ungereimtheiten in der Beziehung zwischen

Schriftsteller und Leser. Sie schreiben selbst viel, und Sie lesen auch viel schöngeistige Literatur, haben Sie mir einmal gesagt. Dann wissen Sie, dass die Leseweise der Leute von ihrem kulturellen Milieu mitbestimmt ist, von den Vorstellungen und Sensibilitäten des Lesers, und auch von dem, was er über den Schriftsteller zu wissen glaubt, und dass diese Leseweise nicht unbedingt mit den Intentionen des Autors übereinstimmt. Und wenn ein Leser den Protagonist in einem Roman mit dem Autor des Romans gleichstellt, ist er sich dessen vielleicht gar nicht bewusst. Was zum Beispiel auch heißt, dass Sie die Geschichten, die Ellen vielleicht über Sie verbreitet, nicht mit der Wahrheit über Sie selbst verwechseln sollten."

„Das weiß ich, aber das ist mir eigentlich schon fast egal. Was die Leute von dem glauben, was Ellen ihnen über mich erzählt, kann ich sowieso nicht beeinflussen. Die Menschen glauben, was sie glauben wollen. Meine Kollegen hören von Ellen die verrücktesten Dinge über mich, und viele nehmen ihr das alles ab, ohne bei mir nachzufragen. Unverschämt, aber das zeigt vor allem ihre Dummheit, weil sie gar nicht auf den Gedanken kommen, dass die Sache ganz anders liegen könnte. Wenn Ellen ihnen zum Beispiel sagt, ich hätte Hesses *Siddhartha* auf meinem Regal stehen, fassen sie sich an den Kopf und schenken mir Räucherstäbchen. Aber wenn *ich* sage, dass sie Erica Jongs *Angst vorm Fliegen* in ihrer Nachttischschublade unter ihrer Bibel liegen hat, glaubt mir niemand, weil sie sich das bei Ellens Heiligtuerei nicht vorstellen können. Und wenn ich unseren Nachbarn erzähle, dass sie einen Teufelsaustreiber in unser Haus kommen ließ, bezichtigen sie mich der Diffamierung einer emotional verletzbaren und von mir finanziell abhängigen Frau. Sie sollten hören, wie respektvoll viele Leute Ellens Namen aussprechen, als sei sie Helena die Schöne. Neulich hat die Dekansekretärin, zu der sie früher immer rannte, mich doch tatsächlich gefragt, wie es „*unserer* Ellen" geht. Was glauben Sie, was sie mir an den Kopf werfen würde, wenn ich ihr die Wahrheit über Ellen sagen würde. Die Polizei würde mir genauso wenig glauben, wenn ich von Ellens Gewalttätigkeit berichten würde. Die Tatsache, dass eine Frau die Täterin ist, übersteigt die Vorstellungskraft aller. Ellens Verwandte, die vor ihren Nachbarn ihren Stolz bekunden, einen Professor in der Familie zu haben, sind noch verlogener. Wenn ich ihren Tanten gegenüber etwas von Ellens Neurosen erwähne, heißt es, ich wolle sie nur schlechtmachen. Ich würde maßlos übertreiben und alles intensivieren, wie ein Schriftsteller, der schon aus Prinzip alles ganz anders hindreht, als es in Wahrheit ist, einschließlich sich selbst. Egal, was ich über Ellen sage, egal, ob es die unverblümte oder die verzerrte Wahrheit, oder ob es reine Erfindung ist, sie steht bei den anderen immer stärker da als ich. Also sage ich schon lange gar nichts mehr über sie, und dann heißt es, ich hätte etwas zu verbergen. Bei Ihnen ist das vielleicht auch nicht viel anders."

„Da kann ich Sie beruhigen. Ich bin ehrlich, wenn ich Ihnen zum Beispiel sage, dass Ellen meiner Meinung nach tatsächlich großes Talent im schauspielerischen Bereich hat."

„Ist das der Grund, warum Sie mir damals sagten, ihr Selbstmordversuch sei großartiges Theater gewesen?"

„Das ist nicht, was ich sagte. Was ich sagte, war, dass ihr schauspielerisches Verhalten ihre Methode war, ihren emotionalen Schmerz hervorzuheben. Der Schmerz war real, und ihr Handeln diente dazu, Ihre Aufmerksamkeit zu bekommen."

„Dr. Birnbaum, Ellen hatte meine Aufmerksamkeit vom ersten Tag an, als wir uns trafen. Und in dieser Nacht im Keller hatte sie meine *ungeteilte* Aufmerksamkeit, das kann ich Ihnen versprechen. Sie war in meinem Bett, sie saß auf meinem Gesicht, ihre Fingernägel hat sie in meinen Penis gebohrt und mit den Fäusten hat sie auf mich eingeschlagen, als ich keine Erektion bekam. Wie soll ich ihr da keine Aufmerksamkeit geschenkt haben? Noch mehr Aufmerksamkeit kann sie von mir doch gar nicht verlangen. Als sie endlich von mir abließ, hat sie zuerst Rotz und Wasser geheult, und dann hat sie gedroht, sich umzubringen. Wieso denn das bitte schön? Aus Mangel an Aufmerksamkeit? Es war übrigens nicht das erste Mal, dass sie sagte, ich würde sie in den Selbstmord treiben. Und wie Sie dann selbst gesehen haben, hat sie ihre Drohung wahrgemacht."

„Aber sie hat sich nicht getötet, sie hat nicht einmal *versucht*, sich zu töten. Sie hat mit einem Messer herumgefuchtelt, wie Sie sagen. Sie hat mit dem Messer in das Armaturenbrett Ihres Autos gestochen, nicht in sich selbst oder in Sie, Herr Köhnlechner. Aber haben wir das nicht alles schon besprochen?"

„Nein, nicht alles. Sie kann sehr wohl ihren emotionalen Schmerz dramatisieren, da haben Sie recht, aber man kann nicht vorgeben, jemand anderes zu sein, wenn man psychisch so gestört ist wie sie. Sie hat niemanden nachgeahmt. Sie spielte nicht die Rolle einer anderen Person, sie brauchte keine Bühne und keine billigen Effekte, sie musste sich auf ihr Stück nicht einmal vorbereiten. Sie spielte sich selbst und niemand anders. Das war schon immer so. Jeden Tag hat sie sich aufs Neue gespielt, in immer neuen Varianten, je nachdem, mit wem sie zusammen war. Ich sage Ihnen, was sie an jenem Morgen mit sich vorhatte, war nichts anderes als der Versuch des Selbstmordes."

„Sie standen damals unter großem Stress, Herr Köhnlechner. Ich kann verstehen, wie Sie Ellens Handlung unter diesen Umständen als Selbstmordversuch deuten könnten, aber dies war kein Selbstmordversuch. Sie nahm dieses Messer in die Hand im Wissen, dass Sie im Haus waren, dass Sie wach lagen und jede ihrer Bewegungen genau verfolgten. Sie wusste, dass sie auf Sie zählen konnte. Sie hätte sich selbst leicht verletzen können, das Messer war scharf und spitz. Sie haben es mir gezeigt, aber ich habe kein Blut daran gesehen, auch nicht an Ellen. Sie hatte nicht einmal einen Kratzer."

„Aber Sie waren nicht dabei, als es geschah. Sie haben nicht gesehen, wie ich mit ihr kämpfte, was ich alles tun musste, um sie davon abzuhalten, aus dem fahrenden Auto zu springen, wie ich sie zurückzerren musste, als sie die Tür aufriss, zweimal. Sie wissen nicht, welche Kraft diese Frau hat und mit welcher Verbissenheit sie mit diesem Messer hantierte. Und vergessen Sie doch bitte nicht, in welchem mentalen Zustand sie war, bevor das alles passierte. Schon Tage zuvor ist sie jede Nacht durch das ganze Haus marschiert und hat alles auf den Kopf gestellt. Und wenn sie nicht im Haus alles umdrehte, war sie draußen im Garten und hat Bäume umarmt. Oft ging sie mehrere Male hinaus, weil sie sich nicht entscheiden konnte, mit welchem Baum sie zuerst sprechen sollte. Ich habe das vom Fenster aus beobachtet. Ich habe gesehen, wie sie von einem Baum zum anderen lief. Und einmal war sie die ganze Nacht weg, mit dem Auto. Erst früh morgens kam sie zurück und konnte sich nicht erinnern, wo sie gewesen war. Auf dem Kilometerzähler konnte ich ablesen, dass sie dreihundert Meilen gefahren war. *Das* war der Kontext, in dem sie sich umbringen wollte. Wenn man mit dieser Person zusammenlebt, *muss* man diesen Kontext ernst nehmen. Das war kein Theaterstück, mit dem sie mir etwas vormachen wollte, das war keine Schauspielerei, in der sie eine ihr zugewiesene Rolle spielte. Wenn sie überhaupt eine Rolle spielte, dann ihre höchstpersönlich eigene. Hören Sie mir denn nicht zu?"

„Ich höre Sie gut, Herr Köhnlechner. Die Tatsache jedoch ist, dass Ellen kein Schaden entstanden ist, außer dass sie in dieser Zeit nicht ausreichend Schlaf bekam und dass ihre Essgewohnheiten ausgesprochen schlecht waren. Viele Menschen leiden unter Schlafmangel und Ernährungsdefiziten, doch solche Dinge sind normalerweise nicht lebensbedrohlich."

„Aber Menschen, die den ganzen Tag nichts essen außer Weizenkeime, Löwenzahnblätter und Chinakohl, und die kübelweise Tamari in sich hineinschütten, versuchen nicht aus einem fahrenden Auto zu springen, und sie stochern auch nicht mit einem Messer in einem Armaturenbrett herum. Das ist auch eine Tatsache. Als Sie im Krankenhaus ankamen, haben Sie da nicht Ellens leeren Blick gesehen? Der Blick, der sagte: Ich kann nicht mehr."

„Herr Köhnlechner, dieses ‚Ich kann nicht mehr' bedeutete, dass sie ein anderes Leben haben wollte. Sie suchte nach einer anderen Möglichkeit zu *leben*, nicht nach einer Gelegenheit zu sterben."

„Wer will das nicht! Jeder will ein anderes Leben haben. Fragen Sie meine Kollegen, Sie werden staunen, was Sie da alles zu hören bekommen. Der eine will ein neues Leben mit einer anderen Frau anfangen, aber nur mit einer, die einen Kopf größer ist als er. Ein anderer ist seit fünfundzwanzig Jahren verheiratet und hat nebenbei *zwei* Freundinnen, weil er sich nur ein Leben zu dritt vorstellen kann. Eine Kollegin von mir will seit ihrer Scheidung überhaupt keinen Mann mehr, sondern will mit ihrer Busenfreundin zusammenleben, die aber ihren Freund nicht aufgeben will. Und eine andere Kollegin spricht jeden Tag von einem neuen Leben, hat aber keine Ahnung, wie es aussehen soll. Deshalb ist sie jetzt bei einem Psychoanalytiker in Behandlung, vielleicht sogar bei Ihnen. Ich sage Ihnen, die Unzufriedenheit in meiner Fakultät ist immens."

„Das mag bei Ihren Kollegen so sein. Ellen muss es aber nicht genauso gehen."

„Da haben Sie recht! Ellen ist ein Spezialfall der besonderen Sorte. Sie weiß nicht, was sie will. Das hat sie noch nie gewusst. Zuletzt wollte sie ein Baum sein, aber sie konnte sich nicht entscheiden, ob Weichholz oder Hartholz ihr die meiste Aufmerksamkeit bringen würde. Vor Jahren lebte sie einmal in der Vorstellung, als Bauchrednerin Berühmtheit zu erlangen, doch daraus wurde nichts, weil sie sich nicht entscheiden konnte, ob sie in der Unterhaltungsbranche oder im Wissenschaftsbetrieb tätig sein wollte. Und seit Jahren wechselt sie die Kirchengemeinde alle paar Monate, weil ihr dieses oder jenes nicht passt: die Chemie in der Holztäfelung, die Fehler in der Bibeldeutung des Pfarrers, die geistige Verwirrung der Kirchenbesucher, die nicht schnell genug auf die Knie fallen, oder was weiß ich, was ihr alles auf den Geist geht. Genauso fährt sie auch Auto. Oft steht sie bei Grün an einer Kreuzung und wartet auf Rot, weil sie sich nicht entscheiden kann, in welche Richtung sie abbiegen will. Sie hat sich noch nie entscheiden können."

„Vielen Menschen fällt es schwer eine Entscheidung zu treffen, Herr Köhnlechner, und trotzdem haben sie eine Vorstellung von ihrer Zukunft. Ich denke, das ist auch bei Ellen so. Natürlich sind auch Träume dabei, aber träumen tun wir alle."

„Was sie mit mir im Keller anstellte, war kein Traum. Als sie auf meinem Gesicht saß, war sie hellwach. Vielleicht spricht sie mit Ihnen über Träume, aber mit mir redet sie nur Klartext."

„Ich kann Ihnen versichern, dass wir nicht nur über Träume reden. Sie sollten sich von der Vorstellung trennen, dass sie bei mir nur auf der Couch liegt und sich mit einem einzigen Thema befasst. Oft sitzt sie hier in diesem Sessel und redet über alle möglichen Dinge, die ihr gerade in den Kopf kommen. Freie Assoziation, nennen wir das. Sie haben bestimmt davon gehört."

„Ich weiß, wie das heißt. Aber Sie reden jetzt, als ob das ein Kaffeeklatschtreffen ist, was Sie mit Ellen hier veranstalten. Es mag ja sein, dass sie Ihnen ganz nett erscheint, wenn sie gemütlich in diesem Sessel sitzt und drauflos plappert. Aber Sie wissen nicht, wie sie ist, wenn sie völlig durchdreht. Ich wette, wenn sie bei Ihnen ist, reißt sie sich zusammen – was auch zu ihrer Schauspielerei gehört. Aber im wirklichen Leben da draußen ist sie ganz anders. Ich wünschte, Sie hätten gesehen, wie sie auf Fakultätspartys immer auftrat. Ganz die feine Dame, die sich in allem wunderbar auskennt, besonders in den Politikwissenschaften, wenn meine Kollegen dabeistehen. Die Pentagon Papiere waren ihr Lieblingsthema, mit dem sie meine Kollegen beeindrucken wollte, was sie auch tadellos schaffte. Und wenn sie über *mich* sprach, redete sie, als ob ich für sie zu Hause jeden Tag das My Lai Massaker veranstalte, wenn ich mich zum Beispiel weigere, mit ihr den Gottesdienst zu besuchen, oder mich dagegen wehre, drei Tage lang nur Chinakohl zu essen. Sie kann aus allem ein Drama machen, vom Beten bis zum Schminken, vom Fensterputzen bis zum Schuhe kaufen, je nach Laune und Anlass, schaurig oder lebensbedrohlich, aber immer absolut überzeugend. Sogar den Fernsehkanal wechseln kann für sie zu einem Drama werden, wenn sie nicht im Vorfeld weiß, wie die Geschichte ausgehen wird. Alles, was ihr lieb und teuer ist, kann sie hyperdramatisieren, vor allem sich selbst."

„Wenn Sie glauben, sie verhält sich wie eine Dramaschauspielerin, könnten Sie sie wie eine solche behandeln, so wie sie mit einer Schauspielerin auf der Bühne umgehen."

„Sie meinen, ich soll ihr applaudieren?"

„So wie es Ihnen passt. *Sie* entscheiden das. Sie können ihr die Signale schicken, die *Sie* wollen."

Genau das kann Bernie eben *nicht*, und hier liegt auch sein Kernproblem. Er kann auch seiner Mutter bis heute noch nicht das Signal schicken, das sie schon vor zwanzig Jahren von ihm hätte bekommen müssen. Seine ganze Familie schleppt er seit vierzig Jahren mit sich herum, Kafka hätte seine literarische Freude an ihm gehabt. Wir hatten nur wenige Begegnungen gehabt, in der er nicht von seiner Mutter erzählte, was sie alles für ihn getan hat, als er ein kleines Kind war, wie sie sich immer für ihn eingesetzt hat und was sie alles für ihn aufgegeben hat, damit aus ihm einmal „etwas Gescheites wird". Schau, was aus ihm geworden ist! Es schreit zum Himmel, dass er glaubt, seine Gerda – die mit dem Mittelnamen Julia heißt, wie Kafkas Mutter Julie! – alle zwei Wochen anrufen zu müssen, um sich nach ihrem Wohlbefinden zu erkundigen. Ich befürchte, wenn er einmal von Ellen geschieden ist, wird er seine Mutter jeden Tag anrufen, weil sie sich dann als Einzige in der Schaltzentrale seines Über-Ichs einnisten wird, gemäß ihrer schon bei seiner Geburt ausgesprochenen Mahnung: Vergiss mich nicht, bleib deiner Herkunft treu.

Kein Wunder, dass er so viel von Kafka spricht, wie sehr er dessen literarische Leistungen bewundert, was wohl aus ihm geworden wäre, hätte er dreißig Jahre länger gelebt, und ob er auch nach Amerika ausgewandert wäre, um Abstand von seiner Mutter zu gewinnen und sie trotzdem weiterhin zu lieben. Soweit man weiß, hatte auch Kafkas Mutter sich nicht zügeln können. Auch sie war ihrem Sohn auf den Fersen gewesen, hatte sich um seine Gesundheit Sorgen gemacht, wollte sicher gehen, dass er ausreichend Schlaf und genug zum Essen bekam. Auch sie hatte ihm eingebläut, dass er sich glücklich schätzen müsse, eine so besorgte Mutter zu haben. Als Bernie ein kleines Kind war, hat Gerda ihn nicht einmal auf der Toilette allein lassen können. Seine Hose hat sie selbst heruntergezogen, wenn die Zeit knapp war, und sein Dingelchen hat sie gehalten, wenn er vor der Kloschüssel stand, und hat es wie wild geschüttelt, bis sie sicher sein konnte, dass auch der letzte Tropfen heraus war. Und wenn er in der Badewanne saß, hat sie auf einem Hocker daneben gewacht, während sie Socken flickte oder Pullover strickte. Der Junge könnte schließlich zu viel Seifenwasser schlucken, er könnte im dicken Schaum ersticken oder, um Himmels willen, er könnte auf den Gedanken kommen, mit seinem Pimmel zu spielen. Deshalb wohl das Plastikentchen, als Ablenkung von dem, was schon vierjährige Knaben am liebsten tun, wenn man sie unbeaufsichtigt lässt. Bernie hat mir dieses Entchen einmal im Detail beschrieben: Farbe, Größe, Anzahl der Augenwimpern und Höhe des Piepstons, wenn man es tief in den Magen drückt. Es ist gut möglich, dass er es noch bei sich zu Hause herumliegen hat. Oder vielleicht hat er das arme Ding schon vor Jahren geköpft und die grausame Entsorgung seines psychologischen Rettungsankers tut ihm jetzt leid. Falls du ihn behandeln willst, vergiss nicht, ihn danach zu fragen.

Und wenn du etwas über seine Verstrickung im Bannkreis seiner Mutter hören willst, hier habe ich eine nette Geschichte für dich. Als er sieben Jahre alt war, hatte seine Mutter für eine Lebenserfahrung gesorgt, die er mir als etwas schilderte, das für sein

Ichverständnis bestimmt nicht ohne Folgen war. Das Drama, oder die Komödie, wenn du willst, hat sich etwa so abgespielt – so hat er es mir jedenfalls erzählt. Sein engster Freund und er seien begeisterte Burgritter gewesen. Sein Roller war sein Pferd, und der Deckel eines alten Eindünsttopfs war sein Schild. Im Sommer bauten sie im Hinterhof Burgen und Verliese mit dem Material, das ihnen dort zur Verfügung stand: Steine, Sand und Bretter. Im Winter, oder wenn es regnete, verlegten sie ihre baulichen Aktivitäten in die Wohnung, wo sie nur mit Bauklötzen und Tüchern arbeiten durften. Aber kleine Buben können sich an jedem Ort etwas einfallen lassen, wenn es um ihr Phantasieleben geht. Die beiden waren die tapferen Ritter Flickenschild und Lanzenschreck von der Burg Katzenstein, die durch die Lande zogen und die armen Bauern vor Feuer speienden Drachen und gemeinen Wegelagerern beschützten. Aber die beiden fanden auch andere wichtige Anlässe, das Schwert zu ziehen.

Das große Drama ereignete sich, als sie einmal ein Gefecht ausführten, aber nicht mit Schwertern aus Holz, sondern mit ihren steifen Bubenschwänzchen. Es war ein Kampf um die Hand des Burgfräuleins, die dem Turnier bestimmt mit Spannung und Verwunderung zusah. Sie war die gleichaltrige Schwester eines gemeinsamen Schulfreundes, die an diesem Nachmittag zu Besuch gekommen war, um sich das Ritterspiel der beiden vorführen zu lassen, und sie war wohlweislich in einem schicken Burgfräuleinkostüm erschienen. Der Kampf war in vollem Gange, als plötzlich Bernies Mutter in das Spielzimmer hereinschneite. Ich kann sie mir als Julia K. gut vorstellen, wie sie ihr Söhnchen mit einer Hand am Arm packt, ihm mit der anderen Hand ein paar Mal auf den blanken Hintern schlägt, bevor sie ihm mit einem einzigen kräftigen Ruck die Hose hochzieht und ihn dabei die Enttäuschung ihres Lebens wissen lässt: Schämen sollst du dich, Bernie! Was haben deine Eltern alles für dich getan, damit du dich jetzt so benimmst! Habe ich dich *dafür* großgezogen? Das arme Mädchen! Monika, was soll ich jetzt bloß deiner Mutter sagen? Abends im Bett jammert sie dann ihrem Mann den Bauch voll: Was soll aus unserem Bernd wohl werden? Habe ich nicht immer nur das Beste für ihn gewollt? Und jetzt so was. Was habe ich bloß falsch gemacht? Womit habe ich das verdient? Und am nächsten Morgen, nach kurzem, unruhigem Schlaf, schickt sie ihren Bernie vier Wochen lang in die Verbannung. Schluss mit Ritterturnieren, Drachentöten und Burgfräuleinaufreißen. Vergiss den Burgfrieden. Stattdessen Hausarrest, und das im Sommer, mitten in den Schulferien. Während seine Freunde draußen Fußball spielen, sitzt er in seinem Kämmerlein und übt Schönschrift. Sein Zimmer durfte er nur verlassen, um seine Mahlzeiten einzunehmen und die Toilette zu benützen, und auch dahin begleitete ihn seine Mutter. Glaubte sie, ihr Bubala würde sich zusammen mit seinem Entchen in der Badewanne ertränken?

Interessant, dass Bernie mir das alles so erzählte, als hätte er Verständnis für die Ängste seiner Mutter. Die ersten Jahre nach dem Krieg seien in Wien sehr schwierig gewesen: Unterernährung, Krankheit, zerstörte Wohnungen, Flüchtlinge wohin man schaute. Und er sei nach zwei Fehlgeburten der letzte Versuch seiner Mutter gewesen, ein Kind zu bekommen. Schon deshalb könne er seiner Mutter nicht wehtun. Doch gleichzeitig setzt er sie auf die Anklagebank, weil sie sich wie seine Leibwache aufführt. Sie habe sich zum Beispiel bei seiner Geburt in den Kopf gesetzt, dass er für den Rest seines Lebens ihre Meinung anhören müsse, um die für ihn besten Entscheidungen treffen zu können. Er habe sie nie von dieser Haltung abbringen können, nicht einmal, wenn er ihr etwas aus einer seiner umfangreichen Forschungsarbeiten vorlas, in denen er sich mit den Mängeln in menschlichen Entscheidungsprozessen befasst. Er nannte seine Mutter ‚Kastrationsdaumenschraube', als er mir einmal einen ihrer Briefe an ihn in seinem zweiten Ehejahr vorlas, in dem sie ihn drängte, „seine Ellen" endlich sausen zu lassen, weil sie nicht die „richtige Frau" für ihn sei – was sie ihm natürlich bereits vor der Hochzeit gesagt habe –, unter anderem deshalb, weil „diese komische Frau“ sein halbes Gehalt für Kirchenspenden ausgebe und von guter Hausmannskost keinen blassen Schimmer habe.

Mir scheint, Bernie ist immer noch auf der Suche nach einer Vorstellung von Männlichkeit, mit der er in Frieden leben kann. Ich kenne ihn eigentlich nur als Papagei der guten Kinderstube. Er beschwert sich über seine Mutter, wie kastrierend – einer seiner Lieblingsausdrücke – sie sei und wie sie ihm, sogar als Erwachsenem, immer noch zusetze. Doch gleichzeitig bewundert er sie, ihre unerschöpfliche Energie, ihre Tatkraft und ihren Willen, es allen recht machen zu wollen. Gründlichkeit, Einfallsreichtum und Beharrlichkeit, das ist nicht einmal ein Zehntel der Eigenschaften, mit denen sie für sein kindliches Wohlergehen gesorgt hatte. Die Wohnung war immer blitzeblank geputzt, die Taschentücher immer frisch gebügelt und die selbstgemachte Marmelade ein Vorzeigeobjekt in der ganzen Nachbarschaft. Sie hatte sich in allem ausgekannt, von Hygiene und Gesundheit bis zur passenden Verhandlungstaktik, mit der sie seinem Klassenlehrer erklärte, warum die Grippe ihres Bernie mindestens vier Tage zu Hause auskuriert werden müsse. Kurzum, sie hatte ihm eine wundervolle Kindheit geschenkt, was für sie, wie kann es anders sein, zuweilen auch mit großen Opfern verbunden war. Wäre er mein Patient, würde ich ihn darauf hinweisen, dass dies nicht heißen dürfe, dass *er* sich für *sie* opfern müsse. Aber er ist nicht mein Patient.

Einstweilen gebe ich ihm den Rat, Ellen so zu behandeln wie er sie wahrnimmt. Er solle dabei jedoch nicht vergessen, dass sie emotional „nicht ganz auf der Höhe" sei. Hinsichtlich ihres mentalen Zustands äußere ich mich vage und unverbindlich, weil ich bei ihm nicht den Eindruck hinterlassen will, ich würde ihn zu einer bestimmten Form des Umgangs mit ihr drängen. Das herauszufinden, ist seine Verantwortung. Wenn er glaubt, Ellen ist eine fabelhafte Schauspielerin, soll er sie doch bitte schön wie eine solche behandeln. Und wenn er meint, ihre Kirchengemeinde sei ein neurotischer Sauhaufen, und sie besteht darauf, dass er sie in den Gottesdienst begleitet, kann er ja ab und zu mitgehen. Er muss ja nicht unbedingt beten. Er könne eine Stunde lange die Augen zumachen und an etwas anderes als die Dreiheiligkeit denken, zum Beispiel an seine nächste Vorlesung. Ich sage ihm auch nicht, er *sollte*, und schon gar nicht *müsste*, sondern er *könnte* versuchen, Ellen die Signale zu schicken, die sie seine Empfindungen wissen lassen. „Ellen hört auf Sie", Herr Köhnlechner. „Sie waren, und wahrscheinlich sind Sie immer noch, ihr wichtigstes Publikum."

‚Publikum' ist eigentlich der falsche Ausdruck. So wie ich ihn kennengelernt habe, sitzt er nicht im Publikum und schaut zu, sondern er ist der Co-Produzent in Ellens Theaterstück, so wie er auch im Stück seiner Mutter eine gestalterische Rolle spielt. Was er nicht zu verstehen scheint, ist der Grund, warum er in den Theaterstücken seiner beiden Frauen so aktiv mitarbeitet. Wo soll er denn seine Männlichkeit herholen, wenn er sich von seiner Mutter nicht trennen kann? Nicht einmal seine Fahnenflucht in das Diasporadasein mit Ellen hat ihm geholfen, die Nabelschnur zu durchschneiden. Für einen gestandenen Sozialwissenschaftler sollte diese Erkenntnis eigentlich banal sein, doch Bernie hat sich mit so vielen Abwehrmechanismen ausgerüstet, dass er die Ursachen für den Konflikt in seiner Psyche nicht erkennen kann. Und dann erwartet er auch noch von mir, dass ich ihm seine Schuld- und Schamgefühle abnehme, ohne dass er selbst etwas dafür tun will. Sein unerschütterlicher Glaube an seine intellektuellen Fähigkeiten und seine damit verbundene kritisch-sarkastische Meinung zur Psychoanalyse sind auch etwas, das ihm dabei im Wege steht.

Er glaubt, er kann von seiner Mutter eine unabhängige Existenz nur dann haben, wenn er sich so verhält, dass es *gegen* ihre Wünsche geht. Seine Mutter wollte nicht, dass er heiratet, also heiratete er. Wenn er trotzdem einmal heirate, sagte sie, müsse es eine Österreicherin oder eine Deutsche sein, also machte er sich an eine Amerikanerin ran. Es hätte auch eine Frau aus Argentinien sein können, oder eine Australierin, wäre ihm eine solche über den Weg gelaufen, auf jeden Fall aber eine Frau, die weit weg vom europäischen Kontinent lebt. Doch indem er das tat, was seine Mutter nicht wollte, endete er mit Ellen in einer Situation, die sich für ihn als katastrophal entpuppte. Dadurch, dass er sich gegen Ellen auflehnte und sich zum Beispiel weigerte, beim Kirchenbesuch die Hände zu falten, dass er sich über ihren Makrobiotikernährungsfimmel lustig machte oder ihren Lesestoff durch den Dreck zog, konnte er sich sagen, dass er seiner Mutter die Treue hielt, sonst hätte *sie* ihm das Leben noch mehr zur Hölle gemacht. Als Resultat seiner Ambivalenz ist er in zwei Höllen gleichzeitig gelandet: als Muttersöhnchen im Haus seiner Kastrationsdaumenschraube, und als Schwerverbrecher im Gerichtssaal von Euer Ehren. Mit beidem scheint er sich arrangiert zu haben, allerdings mit höchst unangenehmen Folgen für sein psychisches Gleichgewicht.

„Ich wollte aber nicht ihr Publikum sein“, faucht er mich an. „Ich wollte mir ihre Schau nicht ansehen.“

„Dann hätten Sie das Theater verlassen können.“

„Dr. Birnbaum, man steht nicht mitten in der Vorführung auf, wenn die Schauspielerin auf der Bühne Ihre Frau ist. Besonders dann nicht, wenn sie vor vollem Haus verkündet, dass sie ihren Mann umbringen wird, und dieser Mann sitzt ganz vorne in der ersten Reihe, und das nur, weil sie darauf besteht. Ich beurteile nicht nur das Theaterstück, sondern vor allem die Schauspielerin. Mein Verlassen des Theaters würde sie mir also sehr übelnehmen."

„Demnächst werden Sie geschieden sein, das heißt, Sie werden das Theater endgültig verlassen, doch so wie Sie mir jetzt die Dinge schildern, würde es mich überraschen, wenn das Stück dann für Sie vorbei sein wird."

„Wie kommen Sie darauf?"

„Herr Köhnlechner, ich denke, Sie hatten eine Reihe traumatischer Erlebnisse mit Ellen über einen langen Zeitraum hinweg. Sie reden in mancherlei Hinsicht wie jemand, in dessen Wohnung eingebrochen wurde und er darüber nicht hinweggekommen ist. Man kann das verstehen, wenn man sich all das, was Sie für Ellen in all diesen Jahren getan haben, vor Augen führt." Blödes Therapeutengelaber, aber unter den gegebenen Umständen das Richtige, was ich sagen kann. „Und von dem, was Sie mir über Ellen erzählen, kann ich mir nicht vorstellen, dass Ellen Ihr Weggehen besser verkraftet hat als Sie." Ich sage ihm nicht, dass Ellen seit einiger Zeit bei mir wieder zweimal die Woche zur Behandlung kommt, sonst werde ich ihn gar nicht mehr los und die Sache geht womöglich so aus wie in Tschechows Krankenzimmer und *ich* ende als der Geisteskranke. „Ihr Auszug aus dem Haus kam für Ellen als Schock. Er kam für sie zu schnell und sie war darauf nicht vorbereitet. Man kann verstehen, dass sie nach fünfzehn Jahren Zusammenleben eine gewisse Ambivalenz Ihnen gegenüber hat."

„Welche Ambivalenz? Es ist überhaupt nichts Ambivalentes dabei, wenn sie ihren Anwalt darauf ansetzt, mir den letzten Penny aus der Tasche zu ziehen, und wenn sie ihren Priester dazu anstiftet, mich zu konvertieren. Wo soll da Ambivalenz sein? Ich sehe da überhaupt keine Ambivalenz."

„Und *Sie*, fühlen Sie sich ambivalent gegenüber Ellen?"

„Nein! Warum? Ich habe sie verlassen, und die Scheidungsverhandlungen werden in Bälde stattfinden. Ich bin aus unserem Haus ausgezogen, mit Sack und Pack, und wenn nötig, werde ich auch aus dieser Stadt wegziehen. Da spüre ich nicht die geringste Ambivalenz."

„Sie mögen vielleicht die Stadt verlassen oder sogar auf einen anderen Kontinent ziehen, aber ich habe den Eindruck, dass Sie sie so schnell nicht aus Ihrem Kopf verlieren werden. Sie haben mich heute aufgesucht, weil Sie meine Gedanken zu einem

Vorfall hören wollen, der nun schon einige Zeit zurückliegt. Zwei Jahre, oder noch länger, sagten Sie. Sie sagten, Ellen habe Sie angegriffen, und sie haben mir ein paar Details ihrer Aufdringlichkeiten geschildert, aber Sie machen sich jetzt Gedanken darüber, ob *Sie* grausam zu *ihr* waren, und zwar nicht, indem Sie sie ins Gesicht schlugen, sondern weil Sie sie in die Ecke verbannten. Wir sprechen hier über Ihre Schuldgefühle, Professor, nicht wahr?"

Bernie reagiert empört: „Schuldgefühle? Warum sollte ich Schuldgefühle haben? Ich rede hier von meiner Beziehung zu einer zutiefst gestörten Frau, mit der ich fünfzehn Jahre verheiratet war, *fünfzehn* Jahre, von denen die letzten fünf ein einziger Kampf waren. Die Auseinandersetzungen, die wir zuletzt fast täglich hatten, waren keine Streitereien über die Frage, wer die Salatsoße anrührt oder wer die Briefmarke auf den Umschlag klebt, sondern ob der Teufel männlich oder weiblich ist, warum vor fünfhundert Jahren Gott immer als Mann mit Zottelbart gemalt wurde und warum man heute immer noch vom Gottvater und nie von Gottmutter redet. Sie behauptet, dass die von Männern beherrschte Modeindustrie nur Damenschuhe mit hohen Absätzen produziert, damit Frauen ihren Männern nicht davonrennen können. Und sie sagt, dass die ebenfalls von Männern dominierte Sanitäranlagenindustrie dafür sorgt, dass die Damentoiletten in Restaurants mit viel zu wenig Kabinen ausgestattet sind, damit die Frauen ewig Schlange stehen müssen, während ihre Männer sich am Tisch mit jungen Kellnerinnen vergnügen. Hat Ihre Therapie bei Ellen denn nichts anderes hervorgebracht als diesen Schwachsinn? Vor drei Wochen hat sie mir einen Brief geschickt, per Einschreiben und mit Rückantwort, um mir den Grund zu erklären, warum ihr Rasenmäher so furchtbar unhandlich ist. Raten Sie mal, worin sie den Grund sieht. Sehen Sie, was ich meine?"

Mit einem kurzen Blick auf meine Armbanduhr will ich ihm zeigen, dass unser Gespräch sich dem Ende zuneigt. Mein nächster Patient wartet schon, und für mich ist jetzt die Zeit gekommen, Bernie mit ein paar gezielten Bemerkungen auf die Notwendigkeit hinzuweisen, sich von Ellen zu lösen und sich endlich seinem eigentlichen Problem zuzuwenden. Dann werde ich mich von ihm verabschieden. Und heute Abend werde ich mir Gedanken machen, wie ich meine Vorstellungen von Ellens sexuellen Präferenzen in die geeigneten Bahnen lenken kann. Ich werde meine sexuelle Erregung, die ich vorhin spürte, als Bernie mir von seiner Kellerepisode mit Ellen erzählte, nicht ignorieren. Meine Erregung zu verdrängen, wäre ein gravierender Fehler, was schon Freud klar erkannt hatte, als er von der erotischen Gegenübertragung als wertvollem analytischem Material sprach.

„Was ich sehe, ist, dass Sie immer noch starke Gefühle gegenüber Ellen hegen. Sie sagen, Sie haben sie verlassen, aber Sie reden nicht wie ein freier Mensch. Sie sagen, wie wichtig es für Sie ist, die Ambiguitäten in menschlichen Beziehungen zu verstehen. Sie erforschen Kontingenzbedingungen und kausale Mechanismen, weil Sie verstehen wollen, wie Entscheidungen getroffen werden und wo diese Entscheidungen hinführen können. Aus dem, was Sie mir in unseren früheren Begegnungen erzählten, glaube ich zu hören, dass Sie Dinge vorziehen, die für Sie schwierig zu erklären sind. Mir scheint, Sie haben eine Neigung, sich mit Dilemmata, Widersprüchen und Paradoxa zu befassen. In Ihren Beziehungen zu anderen Menschen haben Sie kein Problem, wenn ab und zu gestritten wird. Im Gegenteil, ich glaube, Sie haben es gern, wenn es hitzig zugeht und die Fetzen fliegen. Ellen wirft Ihnen ein paar obszöne Worte ins Gesicht, sie öffnet die Knöpfe ihres Nachthemds und sie greift nach Ihrem Penis, und Sie drehen durch. Sie gibt Ihnen Konfliktstoff, über den Sie nachdenken können. Sie liefert Ihnen ein wenig Schmutz, und Sie rennen sofort in die Bibliothek, um die neuesten Studien über psychische Störungen nachzulesen, damit Sie die ganze Palette möglicher Bedeutungen von dem, was sie Ihnen gesagt hat, verstehen können. Habe ich recht?“

Bernie schweigt. Er blickt zum Portrait Freuds hinüber und denkt nach. Nach einer Weile sagt er: „Ich weiß nicht, ob das, was Sie da sagen, auf mich zutrifft. Das hört sich sehr abwegig an. Glauben Sie denn, ich kann wegen Ellen keinen klaren Gedanken mehr fassen, und das ist genau, was ich suche, Ungereimtheiten, Spannungen und Dilemmata? Warum sollte ich bei ihr nach Konfliktstoff *suchen*? Sie gab mir schon immer genug Anlass zu Streitereien, ohne dass ich danach fragen musste."

„Das mag sein, Herr Köhnlechner, aber ich glaube, Sie würden es hassen, wenn die Frau, mit der Sie zusammenleben, nichts anderes tun würde, als Backwettbewerbe mit den Frauen Ihrer Kollegen zu organisieren und für Sie beide die nächste Kreuzfahrt zu planen. Ich denke, Sie wollen eine Frau, die nicht zu allem Ja und Amen sagt. Ellen gehört zu dieser Gruppe Menschen. Sie haben bewusst eine bissige, kampfeslustige Frau geheiratet, aber wenn diese Frau einmal mit einem durchsichtigen Nachthemd zu Ihnen ins Bett steigt und ein paar deftige Worte in den Mund nimmt, verlieren Sie die Nerven. Sie sagten mir einmal, Sie hätten zwei Dutzend Bücher und dreimal so viele Studien über mentale Störungen gelesen und sich dabei viel Wissen über die Psyche des Menschen zugelegt. Sie zeigen sich stolz, dass Sie Ellen ohne die Hilfe von Fachkräften auf die psychiatrische Station gebracht haben. Sie sind stolz auf Ihr Verantwortungsbewusstsein und Ihre Selbstdisziplin, Eigenschaften, die bei vielen Menschen nicht automatisch vorhanden sind. Aber Sie machen sich Gedanken, ob Ihr Akt des Masturbierens, etwas, das unbestreitbar zum natürlichen Leben des allergrößten Teils der Menschheit gehört, unmoralisch ist.

Niemand hat Sie dabei beobachtet, wie Sie im Auto masturbierten, in ihrem *eigenen* Auto wohlgemerkt. Sie haben kein Gesetz gebrochen, Ihr Auto ist nicht ins Schleudern geraten, Sie haben keinen Unfall verursacht, Sie wurden auch nicht von der Polizei gestoppt und Sie haben bis heute keine gesundheitlichen Schäden von Ihrem Masturbieren im Auto davongetragen. Sie sagen mir, dass Sie sich bei diesem Akt damals blendend fühlten, aber dass Sie sich *jetzt* wegen dieses Gefühls schlecht fühlen. Sie pochen auf Ihre Freiheit, aber dann beklagen Sie sich, wenn Sie sich durchsetzen und sich Ihre eigene Sackgasse schaffen. Herr Professor Doktor Köhnlechner, sind Sie sicher, dass Sie sich nicht doch einmal auf die Couch legen wollen? Ich könnte Ihnen jemand für eine Analyse empfehlen, doch ob Sie das wollen, ist natürlich allein *Ihre* Entscheidung."

Zeitfracht Medien GmbH
Ferdinand-Jühlke-Straße 7
99095 Erfurt, Deutschland
produktsicherheit@kolibri360.de